KB120218

혼자
점심 먹는
사람을 위한
산문

황한정이원이엄심김강
유정지　　세지너신지
미현돈훤도라혜울회희

산문 사람을 위한 점심 먹는 혼자

한겨레출판

차례

강
지
희

문학평론가.
문학에 대한 사랑을 잃지 않으면서도 이를
특별한 순정이라 착각하지 않고 그저 오랫
동안 잘 읽고 쓰고 싶다. 《문학은 위험하다》
를 함께 썼다.

미나리 할머니와 고사리 할아버지

한동안 점심으로 묵을 먹은 적이 있었다. 안주에는 열성이지만 요리에는 재능도 욕심도 없기에, 최대한 손 안 타고 마련할 수 있는 음식을 궁리하다 한 음식점에서 힌트를 얻어 만들었다. 레시피는 이렇다. 도토리묵을 엄지손가락 정도의 크기로 가지런히 자른다. 그 위에 잘게 다진 김치와 미나리, 구운 김을 소복소복 얹는다. 마지막으로 참기름을 휘리릭 둘러준다. 기본 요리 재료가 묵이니 기본적으로 담백하지만, 위에 얹어진 고명이 있어 그리 심심하지 않게 한 그릇 뚝딱 비우기 좋다. 목 넘김이 부드럽고, 위에 부담도 안 간다. 불을 전혀 쓰지 않아도 되니 여름에는 더욱 맞춤이다.

그런데 이 음식의 맛을 완성하는 것은 의외로 미나리다. 묵과 김치가 각자 둔중한 힘으로 팽팽하게 마주하고 있다면, 미나리는 그 사이를 찰방찰방 헤엄치며 가르고 지나간다. 깊은 산 사이에 흐르는 청량한 계곡 같고, 어른들의 지리멸렬한 문제들 앞에서 까르르 웃어버리는 아이 같다. 묵은 엄숙하고 강건해 보이는 색깔과 달리 쉽게 뭉개지는 나약한 음식이지만, 미나리와 함께라면 그 특유의 가벼움에 의지해 본래의 침착한 역량을 다 펼쳐내는 것 같다. 어디에 곁들여지든 가벼운 상큼함을 더하는 미나리가 땅에 심어져 있을 때는 어떤 모습인지 영화 〈미나리〉에서 처음 보았다.

〈미나리〉에서 이민자들이 진 삶의 무게는 가족 안에서 가장 어리고 병약한 남자아이의 시선을 통해 그려진다. 아메리칸드림을 향한 아버지의 터무니없는 열망, 그러나 허리케인 한 방에 날아가버릴 위태로운 집, 도처에 잔존하는 폐기와 죽음의 흔적들은 나약하고 몰락한 남성성의 흔적을 조금씩 드러낸다. 서부 개척 시대 말들의 콧김처럼 힘차게 이곳을 스쳐 갔을 남성들의 야망, 개신교도들이 근면 성실로 일구어낸 성공담은 이제 그곳에 없다. 영화는 고요하지만 곧 터질 것 같은 불안으로 꽉

차 있는데, 이 모든 인간사의 절박함에 한없이 무심한 채 초원만이 푸르고 평온하다. 그 풍경의 평온함을 있는 그 대로 흡수하고 누리는 유일한 사람은 선물처럼 한국으로부터 날아온 할머니 순자다. 거침없이 말하고 화투도 잘 치던 이 씩씩한 할머니는 손자의 병과 맞바꾼 듯한 뇌졸중으로 인해 결정적 실수를 저지른다. 할머니의 실수는 언뜻 아메리칸드림의 열망을 한순간에 무너뜨리는 것처럼 보인다. 하지만 심장이 약했던 손자를 치유하고, 물을 대는 장치 없이도 미나리 군락지를 생성하고, 무엇보다 깨져나가려는 가족을 다시 하나로 뭉치게 하는 것도 바로 할머니다.

광활하고 삭막한 이국에서 비옥한 공간을 찾아내고 미나리와 함께 가족을 뿌리내리게 만든 할머니 순자를 보며, 나의 외할아버지를 떠올렸다. 제주도에 살았던 외할아버지는 손재주가 좋아 무엇이든 뚝딱뚝딱 만들어냈고, 가족들과 함께 있을 때면 곧잘 반주로 불콰해진 얼굴로 호탕하게 웃었으며, 살가운 분이었다. 설에 내려가 연례행사를 모두 끝낸 늦은 저녁에 외갓집으로 복닥복닥 모여들면, 외할머니가 내장까지 싹싹 긁어낸 진한 전복죽을 끓여 내왔다. 외할머니는 자기도 의식하지 못하는 습관처럼 소반 위의 반찬들을 빠르게 재배열하며 남동생 앞으로 고기반찬들을 몰아두곤 했다. 그럴 때 멀리 있는 육전이나 옥돔구이를 한 점씩 슬쩍 내 공깃밥 위에 올려주는 건 외할아버지였다. 입이 짧아 식사를 빨리 끝내고 대문 밖에 쪼그려 앉으면 2000원을 쥐여주며 좋아하는 과자를 사 오라 하고, 마당에서 놀 줄 모르는 나를 데리고 직접 키우는 손가락 크기의 작은 식물들을 하나씩 설명해주었다. 우리 사이에는 낭창낭창한 서울말과 걱실걱실한 제주어 사이만큼의 서먹함과 쑥스러움이 늘 자리해 있었지만, 외할아버지가 자기 무릎에 앉힐 손주로 나를 제일 먼저 찾을 때면 나는 서울에서와는 다른 당당한 표정으로 그 사랑을 누리기도 했던 것 같다.

산을 제법 잘 알았던 외할아버지는 엄마가 제주에서 나를 낳았던 한겨울에 나의 탯줄을 들고 한라산을 올랐다고 했다. 한참을 오르다 보니 풍채 좋은 소나무 아래 희고 널찍한 돌이 있어 그 아래 나의 탯줄을 묻고 단단하게 흙을 덮었다고 했다. 산을 잘 타던 외할아버지의 손길은 종종 서울로 보내오는 소포 속 고사리에서도 느껴졌다. 한라산에서 직접 캐고 말려 보낸 고사리들은 한없이 부드러웠고, 엄마는 이 귀한 걸 어찌 먹냐며 그늘에 아껴

두다 좋은 날에 조금씩 차려 냈다. 고사리를 살짝 데치고 간소한 양념으로 볶아 입 안에 넣으면 사르르 녹았고, 국물에 끓인 고사리는 오래 삶은 돼지고기처럼 야들야들하게 풀렸다. 그 고사리를 먹을 때면 내 삶도 조금은 부드럽게 풀리는 듯했고, 크고 따뜻한 품에 안기는 느낌이 들었다. 내가 막 태어나 빨갛고 작은 몸으로 가늘게 숨을 쉬고 있는 동안 누군가 내 몸의 일부를 소중하게 품고 산을 오르고 언 땅을 팠다는 사실을 떠올리면, 무엇이든 해낼 수 있을 것 같았다.

영화 〈미나리〉의 마지막에 이르면 바람에 부드럽게 사락거리는 연한 미나리 풀잎들이 한가득 화면에 잡힌다. 제이콥이 "맛있겠다"며 미나리를 벨 때, 갑자기 풋풋한 향내와 아삭아삭한 질감이 영화 전체를 뒤덮는다. 그의 말은 성공을 향한 독기가 빠진 무념무상의 감탄사인 동시에, 어떻게든 살아가겠다는 다짐처럼 들리기도 했는데, 그래서 이 영화 속 미나리를 한인 이민자들의 굳건한 생명력 같은 단순한 상징으로만 읽을 수 없다는 걸 알았다. 영화는 가장 가녀린 미나리가 얼마나 힘이 센지, 인생이 얼마나 어처구니없이 계속 이어지는지 말하고 있었다. 아무것도 아닌 것들이 어떻게 살아남고 살아가게 하는지, 인생이란 뭐 이렇게 좋고 아름다운지에 대해서. 외할아버지가 돌아가신 지 이제는 10여 년이 흘렀지만, 세상의 어떤 고사리도 외할아버지가 보내온 그것처럼 연하고 부드럽지 않지만, 고사리를 먹을 때면 잘 살아내고 싶다고 생각한다. 조부모들은 마법 없는 이 현실 속에서 그렇게 때때로 마법사로 남는다. 무르고 연약한 삶을 아름답고 강인하게 지켜주면서.

무수히 많은 이별과 산책

　문학에 대한 내 꿈은 연극에서 출발했다. 무대에 설 만큼 대범하거나 비범하지는 못했고, 그저 연극을 보러 가는 시간이 좋았다. 학교 후문에서 버스를 타면 금화터널과 경복궁, 광화문을 지나고, 창경궁을 거쳐 마로니에 공원에 하차할 수 있었다. 20여 분 정도 걸리는 그 구간은 내가 서울에서 가장 좋아하는 공간들이라 늘 넋 놓고 창밖을 바라보았고, 플라타너스가 줄줄이 서 있는 창경궁의 돌담을 지날 때면 작은 한숨을 내쉬며 햇볕이 지나치게 반짝인다고 생각했다. 칼국수 같은 음식으로 간단히 요기한 후에 적당한 곳에 앉아 연극이 시작되기를 기다리고 있자면, 버스킹하는 사람들의 노래가 거친 숨소리와 섞인 채 들려왔다. 어둑해질 무렵 지하에 있는 공연장으로 들어가 방석 위에 앉으면 눈앞에 뿌연 먼지들이 떠다녔다. 모두가 고요해질 무렵 핀 조명이 내리꽂히며 무대가 시작되는 순간, 숨을 훅 들이마시며 집중하면 바깥세상은 완전히 사라졌다. 활자들이 사람들의 옷을 입고 생생하게 살아나는 것이 놀랍고 신기해서, 내가 글을 쓴다면 희곡이기를 바랐다. 아마존에서 처음으로 주문해본 원서는 세라 케인의 희곡집들이었고, 작품의 여운이 가시질 않아 처음으로 평론 비슷한 무언가를 쓰기 위해 찾아보았던 것도 연극 이론들이었다.

바깥세상과는 단절된 다른 세계가 만들어지고 그 안에 완전히 스며드는 것, 내가 우연히 평론가가 된 후에 이탈하지 않고 계속해서 이 길을 걸어올 수 있었던 이유는 다른 세계에 대한 매혹 때문인지도 모르겠다. 언제나 실제의 세계보다 허구의 세계를 사랑해왔다. 픽션을 사랑하는 인간으로서 버리지 못하는 욕망 중에는 모든 것을 완결된 상태로 감각하고 싶다는 열망도 있었다. 사랑보다 이별을 감미롭게 여겼고, 끝난 후에야 쓸 수 있다고 느꼈다. 무언가가 진행되는 중에 수반되는 열정과 기대와 불안이 아니라, 어떤 기다림도 남지 않았을 때 비로소 손에 쥐는 안정과 관조와 초연함을 갈망했다. 영화관에서 나오거나 읽던 책의 마지막 장을 덮었을 때 찾아오는 고요와 적막을 사랑했다. 거기에는 픽션 속에 들어가 모든 것을 겪어낸 후, 손 위에 쥔 행복도 슬픔도 절망도 모두 곧 희미해져갈 일만 남은 데서 오는 절대적인 안정감이 있었다. 살아 있는 한 인생을 완결된 상태로 감각할 수 없다는 걸 알면서도, 어떤 사건들은 점점 걷잡을 수 없는 감정으로 번져가거나 각인되어 지울 수 없음을 알면서도, 그 사랑은 내가 스스로에게 허용한 작은 사치 같은 것이었다.

그런 마음으로 평론을 써왔다. 좋아하는 작가의 원고를 받으면 정성 들여 출력해 천천히 반복해 읽었고, 될 수 있는 한 그 작가의 전작을 모두 읽고 쓰려고 노력했다. 거기에는 그 사람이 겪었던 한 시절이, 감각과 감정의 복잡하고 혼란스러운 면면들과 그 과정에서 도달할 수밖에 없었던 어떤 지점이 고스란히 담겨 있었다. 그 글들을 하나하나 들여다보고 이해하는 과정은 마치 누군가를 속속들이 알아가는 연애와 유사한 바가 있었다. 내가 알고 있던 세상 위에 그 사람이 알고 이해하는 세상을 겹쳐놓고 두 동그라미가 교차되면서 만드는 궤적을 바라보는 일. 알고 있던 농담조차 사랑하는 사람의 입을 통해 다시 들으면 새롭고 즐거운 것처럼, 누군가의 말들 속에 잠겨 그 말의 리듬에 흔들리면서 한 시절이 지나갔다. 그래서 원고가 끝나고 나면, 바보처럼 꼭 혼자 이별한 기분이 들었다.

그래서 박경리 선집 원고의 최종 교정을 마친 얼마 전에도 긴 산책이 필요했다. 평소보다는 조금 더 길고 특별한 과정이었기 때문이다. 작품집에 들어갈 단편들을 직접 선정하고, 최초 발표 지면을 찾아 한 줄씩 확인하며 현대 표기법으로 바꾸고, 작가가 작품을 재수록하며 정정한 부분들을 확인해 재차 삼차 교정을 거쳤다. 작가 연보를 쓰면서는 연애에서 상대방의 가장 아프고 슬픈 이야기를 복기하는 기분이었다. 아버지 이름 옆에 어머니 이름을 함께 넣었고, 고심 끝에 일찍 세상을 떠난 아들에 대한 기록도 넣었다. 전쟁 후에 통영으로 내려가 있었던 일들은 넣지 않았다. 작가 인생에서 너무 귀하고 슬프기에 말을 아꼈던 부분과, 모욕을 떨칠 수 없어 비밀로 남아 있어야 할 일을 잘 구분해야 한다고 생각했다. 더없이 결벽한 성정에 스스로 치이고 고단했겠으나, 그만큼 맑고 치열하게 살다 간 분이었다. 이제는 감히 범접할 수 없는 봉우리가 된 작가지만, 작가가 아니었더라도 그는 내가 외경심을 가질 만한 사람이었을 것이라 생각했다.

원고 작업이 모두 끝난 후에 노래를 들으며 오래 한 강 변을 걸었다. 산울림의 〈회상〉이 머리에 맴돌아 찾아 들었고, 루시드폴과 유재하의 노래들을 연이어 찾아 듣는 동안 많은 위안을 받았다. 기척을 느꼈을 때 이미 그대 떠난 후라는 걸 깨닫는 노래라니 이게 무슨 청승인가 싶지만, 원고를 떠나보낸 후에는 늘 그런 마음이었던 것 같다. 절절 끓는 깊은 애정과 존경 없이는 잘 읽어낼 수가 없고, 어떤 순간 마음을 내려놓아야 다 쓰고 보낼 수 있다. 인연의 끝을 내가 정할 수 없는 것처럼 곧 떠나보내게 될 줄 알면서도 꼭 그 앓이를 거치고야 만다. 그간의 무수히 많은 이별들처럼 이번에도 그렇게 또 한 번의 매듭을 지었다.

점심이 없던 날들

어렸을 때 내가 제일 좋아했던 놀이는 '무인도 놀이'였다. 놀이 방법은 간단하다. 방 한가운데 이불을 펼쳐두어 무인도를 만들고, 거기에 혼자 표류했다고 가정하며 생존에 필요한 모든 것들을 가지고 온다. 그리고 그 가상의 무인도 위에서 아무 방해도 받지 않고 끝없이 시간을 보낸다. 이때 생존에 필요한 것이라 함은 과자, 귤, 생라면 같은 잡다한 간식들이었고, 요행으로 바다에서 건질 수 있었다는 이상한 전제를 들어 제일 읽고 싶은 책 한 권을 들고 이불 위에 드러누웠다. 그러니까 사실 나는 내 방 안에서도 또다시 고립되기를 추구하고, 조용한 가운데서도 더 고요함을 찾아가는, MBTI에서도 전형적인 I 유형이었다.

　낯선 사람이 셋 이상 나를 주목하는 상황이 오면 얼굴이 시뻘겋게 달아오르던 소심한 내게 20대 후반 피할 수 없는 고난으로 다가온 것은 강의였다. 힘겹게 박사 과정을 수료하고 나니 소위 '보따리 장사'라고 말해지는 시간강사 생활이 시작된 것이다. 강의를 부탁하신 교수님은 가깝지 않은 거리와 박한 강의료를 미안해하셨지만, 실은 그런 물리적 조건들은 생각할 겨를도 없었다. 얇은 지식을 어떻게든 잘 펼쳐 다리미로 다리고 요리조리 각을 잡고 수선해서 학생들에게 매주 내놓아야 한다는 중압감만으로도 정신이 혼미했기 때문이다. 수업에 들어가기 전이면 교실 앞에서 여러 번 심호흡을 한 뒤에 몸을 수그리고 벽에 붙은 달팽이처럼 교탁 앞까지 전진했다. 12시 반부터 시작하는 강의에 맞추려면 대개 두 시간 전에 집을 나서야 했고, 공복으로 선 채 여섯 시간 강의를 하면 탈진 상태가 되었다. 강의가 끝나고 해가 질 무렵 학교 밖으로 나서면 이상하게 순대가 그렇게 당겼다. 어느 분식집이든 들어가 점심과 저녁을 하나로 퉁친 떡볶이와 순대와 우동을 흡입했다. 그럴 때면 대체 이 엄청난 허기가 어디에서 온 것인지 의아해졌다. 아마 그때의 나는 정성 들여 준비한 내 말들이 산산이 흩어져 행로를 알 수 없게 된 끝에 남는 헛헛함을 집어삼키고 있었던 것 같다.

몇 년이 지나 강의 노동자로서 제법 인이 박여간다고 느낄 무렵, 빨간불이 켜졌다. 평소처럼 강의를 하는데 갑자기 식은땀이 나고 눈앞이 번쩍번쩍하며 세상의 채도가 낮아지기 시작했다. 당장 주저앉아서 쉬면 괜찮을 것 같았지만 강의를 시작한 지 고작 30분 정도가 지났을 뿐이어서, 10분만 더 하자고 요령 없이 버티고 있었는데 쿵 하는 소리와 함께 아이들의 비명이 들렸다. 정신을 잃은 내가 뒤로 쓰러지며 뒤통수를 시멘트 바닥에 부딪쳐 수박 깨지는 소리가 난 것이다. 나의 정신은 바로 돌아왔지만, 교단으로 달려온 아이들이 혼비백산이었다. 나는 스머프처럼 새파란 얼굴로 괜찮으니 다시 수업을 시작하자고 침착하게 말해보았지만, 곧 도착한 구급대원들이 최저 혈압 20을 찍은 나의 육신을 반강제로 주변 대학병원으로 실어 나르며 그날의 수업은 종료되었다.

링거를 맞는 동안 모든 수치는 곧 정상으로 돌아왔고, 다행히 뇌진탕 증세도 없었다. 그런데 사실 그날 가장 나를 괴롭게 했던 것은 쓰러진 나의 육체가 아니었다.

2주 치 식비에 육박했던 대학병원 응급실의 검사비도 아니었다. 급작스러운 결강에 따른 보강 일정을 어찌 잡을 것인지, 학기가 끝난 후에 차가운 결별 선언처럼 도착할 학생들의 강의 평가 내용이 날 초조하게 했다. 학교에 내가 쓰러졌다는 소문이 도는 게 무서웠다. 다른 선생님들께 내가 강의 노동자로서 미달하는 신체를 가지고 있다고 여겨질까 봐, 그래서 당장 다음 학기에 더 이상 강의를 할 수 없게 될까 봐 두려웠다. 물론 지금 나는 인지상정이라는 단어와 함께 막연히 짐작한다. 그런 일로 강사를 쉽게 자르지는 않고, 그 소식을 들었던 사람들이 진심으로 나를 걱정했다는 사실을. 그렇다고 해서 당시에 언제든 아무 이유 없이도 사라질 수 있었던 나의 자리를 의식했던 시간이, 나의 몸을 돌보기보다 어떻게든 '하자'가 없는 몸으로 보여야 했기에 쓰러진 나를 내가 가장 혹독하게 몰아세웠던 시간이 사라지는 것은 아니다.

내 강의 평가에 따라다니던 불안은 플랫폼 업체의 별점 시스템에도 있었다. 올해 이사를 하면서 플랫폼 업체가 얼마나 성장했는지를 새삼 느낄 수 있었다. 혼자 이사를 잘할 수 있을지 걱정했지만, 포장 이사는 더없이 신속하게 진행되었고 이사업체 직원분들은 시종일관 싹싹

하게 대해주셨다. 당연히 점심을 대접해야 한다고 생각
해 무엇을 드시겠느냐고 물었는데, 저희는 괜찮다는 말
이 돌아왔다. 식사를 하면 몸이 풀려서 속도가 느려지니
다 끝나고 먹는 게 편하시다고. 그러면 커피라도 드시겠
는지 묻고 테이크아웃을 해 왔는데, 이사를 마치고 별점
을 잘 부탁드린다고 인사하신 후에야 얼음이 다 녹은 커
피를 들고 가셨다. 이사 플랫폼 앱에서 평가들을 읽어보
니, 왜 도중에 점심을 드실 수 없었는지 바로 알 수 있었
다. 식사 시간과 식사 비용 부담에 대해 민감해하는 사람
들이 꽤나 많았던 것이다. 인사하고 떠나시던 그분들의
뒷모습에 점심이 없던 날들을 통과해온 내가 겹쳐졌다.

　　그 눈치라는 것을 살피느라 많은 비정규직이 점심을
거르기 일쑤고 불규칙한 생활을 한다. 누군가는 식사를
챙기고 몸 관리를 하는 것 역시 사소하지만 성실한 자기
관리라 말할 것이다. 하지만 점심시간에 식사 메뉴만을
고민할 수 있는 사람은 생각보다 많지 않다. 점심을 거르
는 건 그 사람이 나약한 의지나 낮은 자존감으로 자기 관
리를 놓쳐서가 아니라, 그저 그 자리에 가면 그렇게 되어
버리는 상황의 문제일 때가 많다. 점심이 없던 그 날들에
내가 얼마나 자주 불안에 휩싸였는지, 얼마나 몸을 학대

하듯 살았는지, 허겁지겁 입에 넣던 순대의 맛이 어땠는
지 기억한다. 그래서 요즘 아주 사소한 주문에도 건마다
별점 매기길 요청하는 플랫폼 앱들이 부담스럽다. 모두
를 위해 서비스는 개선되어나가야겠지만, 플랫폼에 전
시되는 별점과 평가에 직접적으로 타격을 받는 사람들
은 자신의 몸이 가장 큰 자산인 서비스 노동자거나 작은
규모의 자영업자니까. 모두에게 점심이 편안하고 당연
한 권리가 되는 날이 왔으면 좋겠다. 점심을 거르게 되고
어쩌다 아프더라도 괜찮다고, 조금 느리거나 완벽하지
못해도 괜찮다고 서로에게 말해줄 수 있는 사회에서 살
수 있기를.

강지희

베이징과 불발된 연애

한 학기 동안 베이징에 머무른 적이 있다. 만 서른으로 넘어가던 참이었다. 주변 사람들은 이제 모두 안정을 찾아가는데 나 홀로 같은 자리에서 도태되어 있는 것 같다는 감각은 익숙한 것이었지만, 그때는 삶이 너무 길게 느껴졌고 자신이 없었다. 그런 와중에 가게 된 중국에서 제일 좋아했던 풍경은 저녁에 있었다. 해가 질 무렵이면 약속이라도 한 것처럼 사람들이 광장에 모였다. 왈츠처럼 4분의 3박자의 안정적인 리듬이지만, 어딘가 뽕끼가 곁들여진 노래가 흘러나왔다. 그 노래에 맞춰 사람들이 둥글게 원을 그린 채 춤을 추기 시작했다. 베이징만이 아니라 중국 어딜 가더라도 사람들은 저녁이면 모여들어

춤을 췄다. 누가 언제 어떻게 끼어들어 함께 하더라도 개의치 않고 끝없는 춤의 변형이 이루어진다는 점에서, 그야말로 대륙의 호방한 기상과 유연성의 미학이 만나는 자리였다.

춤바람 나는 일이 있어서 춤을 추는 것이 아니라, 그저 춤을 추는 루틴을 정갈하게 지키며 살 수도 있는 것이었다. 저녁마다 춤사위를 바라보던 나는 중국어 회화를 이어가며 공부하는 것만으로도 벅찼던 내 일상에 조금씩 변화를 주기 시작했다. 그렇게 처음 배운 게 자전거였다. 한참 전에 배울 때를 놓쳤다고 생각했던 일이지만, 아무도 날 모르는 외국이라고 생각하니 못 할 것도 없었다. 능숙하게 자전거를 타게 될 무렵, 내친김에 칠현금까지 손을 뻗어보았다. 중국에 가기 직전에 〈자객 섭은낭〉을 보았고, 거기에 나오는 칠현금 타는 여자가 너무 예뻐 보였던 게 화근이었다. 내 비록 중국어는 유창하지 못하지만 언어를 뛰어넘는 음악으로 중국의 얼을 습득해 가리라는 야심은 곧 턱도 없는 것으로 드러났다. 악기를 배울 때 필요한 언어의 장벽은 꽤 높았다. 그런데 그 실패의 도정을 거치는 중에, 당시 칠현금 동아리를 이끌며 레슨을 받을 수 있도록 다리를 놓아주던 남학생이 적극적으로 연락해오기 시작했다. 특별히 진지한 고백을 한 것은 아니지만 내가 머물던 기숙사 1층 맥도날드에서 수시로 식사를 하는 것도, 자주 도착하는 느끼한 문자도 부담스러웠다. 그 친구의 직진을 가로막으려 나이를 밝혔는데, 그게 무슨 상관이냐며 고루한 인간 취급을 받았다. 내 비록 자주 연애를 망해왔지만, 이 세상 끝까지 영원히 함께할 수 있을 것 같은 확신이 들 때에만 연애를 시작하는 인간인 건 사실이다. 그때부터 내가 국제연애씩이나 할 깜냥이 되는 인간인지에 대한 비장한 고민이 시작되었다.

국제연애를 시작할까 고민하게 되던 이유는 의외로 의사소통이 아니었다. 내 미숙한 중국어는 다른 방식으로 영향을 미쳤다. 원활하게 제때 표현되지 않았던 표현들이 나를 약하고 수동적인 존재로 여겨지게 했고, 외국인이라 다 알거나 이해하지 못하는 요소들이 겹쳐지면서 나는 지적으로도 다소 무능하게 여겨졌다. 구태여 보호받지 않아도 되는 부분에서 배려받으니 오랜만에 '어린 여자'가 된 기분이었다. 상대를 귀여워한다는 말로 포장되곤 하는 그 상황은 동등하고 솔직하게 감정을 주고받는 대신, 상대의 의사가 많이 배제된 보호로 점철되어 있었다. 분명 많은 다정함이 쏟아지고 있는데도, 그때 내가 느낀 것은 묘한 무기력이었다. 물론 장점도 있었다. 예민한 성정이 관계에 섬세하게 개입될 여지가 없어지니 나는 즐거운 감정을 직선적으로 표현하는 한없이 낙천적인 사람이 되어 있었다. 그런 모습도 나인 건 맞지만, 문제는 너무나 대외적인 자리에서만 출현하는 나라는 데 있었다. 그때 처음으로 연애가 시작되는 데 진짜 필요한 것은 슬픔과 분노를 포함하는 부정적인 감정을 서로 감당할 수 있다는 믿음이라고 생각했다. 이런 식으로라면 내밀한 감정에 도달하는 날이 올지 까마득하게 느껴져, 보호의 손길을 일찌감치 떠나고 말았다.

열정도 인내심도 미달이었던 그때의 나를, 그가 나라고 믿었던 나의 일부를 진심으로 좋아해준 그이에게 고마움을 느낀다. 돌아보면 비단 불발된 연애에서만이 아니라, 베이징에서 내가 이방인으로 경험했던 것은 소수자로서의 감각과 유사했던 것 같다. 나의 정체성을 이루는 다채로운 부분들이 아주 단순하게 요약되는 경험, 누군가 나를 대변해 말해주는 게 당연해지는 경험, 독립적이거나 능력을 갖춘 존재로 여겨지기보다 약하고 보호가 필요한 존재로 여겨지는 경험들이 차곡차곡 쌓여

갔고, 그게 실제로 나를 조금 무력하게 만들기도 했다. 이런 경험들은 아마 세상 어디에서든 소수자로 살 때 너무 흔히 겪게 되는 사건들일 것이다. 베이징에서 얻어온 것들이 많다. 자전거도, 연날리기의 추억도, 중국 친구들과의 우정도. 하지만 제일 귀한 것은 나로서 온전히 존중받지 못했던 불편함에 대한 감각을 기억한다는 사실이 아닐까. 그 기억이 지금의 내가 타인과의 관계에서 조금은 더 균형 잡힌 인간으로 살 수 있게 만들어주었다고 생각한다.

엄마, 스시, 눈물

한낮에 이루어지는 식사에서도 죽음을 곱씹는 사람들이 있을까. 저녁 시간이 느끼해지고 깊어지기 좋다면, 점심시간은 잠시 숨을 돌린 후 곧 일로 복귀해야 한다는 긴장으로 빠닥빠닥하다. 무릇 잘해보고 싶은 소개팅이나 술 한잔 걸칠 만한 오랜 지기와의 저녁 약속은, 업무로 신속하고 산뜻하게 만나야 하는 이들과는 점심이다. 소설이나 책에도 시간대와의 궁합이 있다. 상대방에게 자신의 무거운 감정을 떠넘기지 않으려는 배려가 뼛속부터 느껴지는 일본 소설이나 산문이야말로 점심에 제격이다. 만화책 《자, 이제 마지막 식사가 남았습니다》 역시 그런 책이다. 저자는 일본의 소설가 15명을 하나하나

만나 생의 마지막 식사로 무엇을 먹고 싶은지 물은 뒤, 시종일관 담백한 태도를 유지하며 만화의 에피소드들을 그려냈다.

이 책에서 맘에 들었던 이야기 하나는 죽음을 앞둔 마지막 식사라면 집에서 점심때 혼자 두부를 먹을 것 같다는 니시 가나코의 말이었다. 두부를 다 먹고 나서 낮잠이라도 한숨 잘 태세로 누우면 고양이가 목 위로 올라와 그르렁거리고, 그 소리를 들으며 죽을 수 있다면 행복할 거라고 했다. 가스가 다이치의 마지막도 좋았다. 그는 도쿄에 있을 땐 어딘가 긴장하고 있는지 술을 마셔도 필름이 끊기지 않는데, 구마모토에서는 필름이 끊어지곤 한다는 말로 시작했다. 그리고 구마모토의 멋진 경치가 한눈에 내려다보이는 경사진 공원에서 아침까지 술을 마신 후 누워 레몬스쿼시를 마시면서 그대로 죽는 장면을 생생하게 묘사했다.

이 이야기를 듣는 동안 내게 죽음은 두렵지도 슬프지도 않은 것이 되어 둥글고 따뜻하게 다가왔다. '마지막 식사가 남아 있다'라는 상상 자체가 이미 죽음을 무수히 반복되는 일상의 한 조각이자 선택의 대상으로 만들어냈기 때문이다. 나로서는 그 마지막 식사가 저녁보다는 가벼운 점심이기를 바랐고, 한동안 그 마지막 점심을 누구와 함께 어디에서, 무엇을 먹을 것인지에 대해 상상하며 다녔다. 그러는 동안 내게 소중한 사람들이 하나씩 마음에 들어왔다가 나갔고, 혼자여도 충분히 좋다고 느꼈으며, 바람의 감촉과 햇볕의 냄새가 반짝이던 나만의 장소들을 마음껏 떠올렸다. 그 장소들은 대개 지금 여기서 멀리 있고 낯설기에 더 아름다워 보이는 어떤 곳들이었다.

엄마와 점심으로 스시를 먹던 어느 날이었다. 저 만화책의 콘셉트인 마지막 식사에 대해 가볍게 전달하며 엄마의 선택에 대해 물었는데, 엄마는 죽기 전 마지막 식사라면 당연히 딸인 너와 함께일 거라고 말하다가 짧게 눈물을 흘렸다. 실은 그 직전에 조카의 귀여움에 대해 이야기를 나누던 참이라, 엄마가 당연히 조카를 포함한 가족과의 식사를 말할 거라 느슨하게 예상하고 있던 나는 잠시 말을 잃었다. 물론 엄마의 그 눈물은 아주 빠르게 스쳐 갔고, 복잡한 자존심 대결로는 누구에게도 지지 않을 우리 모녀는 서로에게 무엇도 더 물어보거나 부연하지 않았다. 하지만 오랫동안 그 눈물이 산란하게 떠올랐다. 마지막 식사에 대한 몽환적인 상상은 순식간에 엄마에게 나는 어떤 존재인가, 라는 복잡한 질문으로 전환되어버린 것이다.

강렬하게 각인되는 인생의 소중한 순간들을 끝내 명쾌하게 설명할 수 없는 것처럼, 엄마가 왜 그 순간에 눈물을 보였는지에 대한 답을 영영 찾을 수 없으리라는 걸 알고 있다. 다만 그 눈물 앞에서, 딸인 내게 기대하는 바를 끝내 충족시킬 수 없으리라는 불안과 이상한 죄책감들의 깊이가 내가 엄마에게 품은 사랑이라는 걸 깨달을 뿐이다. 얼마 전에는 이런 일이 있었다. 내 방에 두고 오래 길러온 제법 큰 극락조를 바라보던 엄마가 가지치기가 필요하지 않겠냐고 물었고, 동의를 듣자마자 곧 가위를 들고 다듬기 시작했다. 그런데 잠시 다른 일을 하다가 돌아보았을 때, 극락조는 단 세 장의 잎만 단 채 서 있었다. 경악한 나의 비명을 들은 엄마는 너무 많이 자른 것 같냐고 묻더니, 이렇게 다듬어줘야 식물이 더 잘 자랄뿐더러 키우는 식물이 무성해서 너의 기운을 누르면 안 좋다고 말해주었다. 생각해보니 그런 식으로 엄마는 나를 키워왔다. 어렸을 때는 내가 부실한 체력으로 어디에서 기가 눌릴까 온갖 과일과 보약과 사골을 챙겨 먹었고, 운게 분명한 얼굴로 학교에서 돌아온 날에는 반드시 그 원인을 찾아 발본색원했다. 요즘에도 엄마와의 대화 속에서 나는 이미 잊은 지 오래인 초중고 시절의 어떤 이름들을 듣고 그 기억력에 놀란다. 엄마 뇌리에 박힌 그 이름들은 나를 상처 주었던 이들로 가지치기를 요하는 존재들이었던 것이다. 그러니 엄마는 '무소의 뿔처럼 혼자서 가라'고 말하는 타입은 분명 아니었고, 본인이 무소의 뿔이 되어 내가 갈 길을 미리 닦아놓는 타입이었다. 이제와 나는 오만하게도 그 가지치기가 때로는 울퉁불퉁하지만 더 나다웠던 어떤 부분들도 떨어뜨려버린 것은 아닌가 의심해본다. 내가 끝내 붙들고 겪어냈어야 하는 사랑과 절망, 허비하면서라도 감각했어야 하는 시간과 어떤 실패들이 엄마로 인해 미리 가지치기된 것은 아닌지에 대해서.

　본가에 있는 내 방 책상에는 엄마가 동유럽에서 사 온 가톨릭 성인 화집이, 중국에서 사 온 기도하는 아기 동자승이 있고, 그 앞에는 물이 담긴 하얀 찻잔이 있다. 제멋대로 만들어진 이 제단을 볼 때마다 내가 얼마나 많은 엄마의 기도 속에서 자랐는지 생각한다. 하지만 내가 뜨겁게 갈망하는 것이나 견뎌내는 슬픔에 대해 가장 늦게 알아차리거나 끝내 모르는 사람이 엄마라는 사실 역시 실감한다. 사랑하는 자의 독선과 사랑받는 자의 오만은 이런 식으로만 만나는 걸까. 사랑하지 않아서가 아니라, 사랑이 너무 흘러넘치기에 영영 줄일 수 없는 낙차들이 있다. 그 앞에서 언젠가 올 먼 죽음을 낯설고 아름다운 것들에 대한 상상으로 덮는 일은, 가깝고 끈적이는 채로 불완전한 사랑을 지속하는 일보다 얼마나 가볍고 좋은지, 나는 자꾸만 눈을 감듯 생각하는 것이다. '딸이 있어서 참 좋다'는 문자에서 굳센 무소의 뿔이 아니라, 내게 기대어오는 연약하고 부드러운 애정의 증표를 발견하면서. 아주 오랜 시간이 지난 뒤, 나의 책상 위에 올려둔 엄마의 제단을 떠올릴 때마다 반드시 울게 되리라는 사실을 직감하면서.

김
신
회

에세이스트.
거한 아침 식사 없이 하루를 시작하는 법을
모르고, 혼자 먹는 점심을 가장 좋아한다. 아무
거나 잘 먹지만 맛있는 게 뭔지는 아는 사람.
《보노보노처럼 살다니 다행이야》,《아무튼,
여름》,《가벼운 책임》 등을 썼다.

구내식당 덕후

　회사원으로 산 적이 있다. 대일 무역을 중점적으로 하는 반도체 제조 및 수출 회사에서 사무직으로 일했다.

　가끔 일이 몰릴 때는 바빴지만 대체로 한가한 자리였기에 출근하자마자 컴퓨터 모니터를 노려보며 점심시간이 오기만을 기다렸다. 다른 사원들도 비슷한 심정이었는지 오전 11시경이 되면 축 처져 있던 사무실에 말도 안 되는 생기가 돌곤 했다. 옆자리에 앉은 사수 ㅇ 대리님은 한껏 웅크리고 앉아서 일하는 척하는 데 지쳤는지, 과장된 동작으로 기지개를 켜며 말을 걸었다. "좀 있으면 밥 시간이네. 오늘은 (갑자기 노래를 부른다) 무얼~ 먹어야~ 되나~~~."

직장 생활의 꽃 1위는 월급, 2위는 점심시간인 만큼 점심시간만 되면 회사 사람들은 밖에 나가서 맛있는 걸 먹고 싶어 했다. 한 시간 가지고는 밖에 나갔다 돌아오는 것만으로도 빠듯한데 꾸역꾸역 그렇게 했다. 그것도 다 같이 몰려가는 걸 선호했다. 종일 한 공간에 있는 사람들하고 밥까지 같이 먹고 싶어요? 진심이에요?

그러나 직장 생활의 8할은 사회생활 아닌가. 게다가 사무실 막내였던 나에게 선택권은 없었다. 부장님이 오늘은 초복이니 삼계탕을 먹자고 하면 그날은 입구에 각종 화분이 잔뜩 놓여 있는 삼계탕집 좌식 테이블에 앉았다. 이사님이 특별히 회를 쏘겠다고 하면 대리님 차를 얻어 타고 도시 중심가에 있는 회 식당으로 향했다. 삼계탕이고 회 정식이고 다 싫었다. 내가 원하는 점심 메뉴는 혼자 말없이 먹는 구내식당 밥이었다.

어렸을 때부터 뷔페를 좋아했다. 엄청나게 많은 가짓수의 음식 중에 내가 먹고 싶은 것만, 양껏, 직접 떠서 먹을 수 있다는 자율성에 매료되었다. 엄마가 5대 영양소를 기반으로 차려주는 밥만 먹어야 했던 어린이에게 '집밥'이란 지금처럼 애틋할 리 없었다. 건강을 최우선으로 생각해 만든 모든 음식은 간이 덜 되어 있었고, 색깔이 이상하거나 식감이 난감했다. 그 시절 나에게 집밥이란 빨리 어른이 되고 싶은 이유 중 하나였다.

뷔페에 갈 때마다 어른이 된 것 같았다. 내 몫의 접시를 들고 조심조심 걸으며, 관심 가는 음식만 쏙쏙 골라 먹는 우쭐한 시간. 그곳에서는 어른 아이 할 것 없이 똑같이 줄을 서야 하고, 어른이라고 해서 더 좋은 걸 먹고, 아이라고 해서 더 싱거운 걸 먹을 필요가 없었다. 뷔페에서는 모두가 버젓한 손님으로 대접받았다. 고심 끝에 떠 온 음식은 떡볶이나 잡채, 떡 같은 것이었기에 내 접시를 본 어른들은 이렇게 말했지만. "뷔페 와서는 이런 거 먹는 거 아니다." 뷔페에서는 그런 잔소리도 한 귀로 듣고 한 귀로 흘릴 수 있었다. 내 맘인데요? 내 맘대로 먹을 건데요?

크고 나서도 뷔페에 대한 사랑은 변함없어서 여행 갈 때마다 조식 뷔페를 먹을 수 있는 숙소로 고른다. 약속 장소를 호텔 뷔페나 샐러드 뷔페식당으로 잡기도 한다. 생각만큼 많이 먹지 못해도, 기대한 만큼 메뉴가 다양하지 않아도 괜찮다. 준비된 음식 중에 원하는 것만 원하는 만큼 선택해 먹는 행위 자체가 좋은 것이다.

같은 이유로 구내식당도 좋아한다. 식당 입구에 붙

어 있는 오늘의 메뉴. 그걸 실물로 구현해 넣어놓은 아크릴 상자. 저 멀리서부터 풍겨오는 국 끓는 냄새. 일렬로 줄 선 철제 음식통에 꽉꽉 채워진 그날의 반찬들. 김이 모락모락 나는 쌀밥이 가득 들어 있는 거대 보온 밥솥까지. 매일 똑같은 것 같으면서도 분명 다른 구내식당의 풍경에 어느새 허기가 진다.

식판과 수저를 챙기고 식권을 내민 다음 줄을 선다. 내 순서가 오기 전에 반찬을 신속하게 찜해놓고, 차례가 되면 먹고 싶은 음식만, 먹고 싶은 부분으로, 먹을 수 있는 만큼 담는다. 식판이 넘치도록 음식을 담는 날도, 밥을 적게 담는 날이나 국이 제외되는 날도, 두세 가지 반찬만 담는 날도 있다. 그 어떤 메뉴라도, 끼니를 내 방식으로 구성하는 느낌이 들어 평소보다 정성껏 음식을 대하고, 천천히 씹어 먹게 된다.

회사 다닐 때, 남들은 지겨워서 더는 먹고 싶지 않다는 구내식당 밥을 나는 매일 먹고 싶었다. 퇴근하고 나서는 일부러 거기서 저녁밥을 먹었다. 이 좋은 걸 놔두고 왜 자꾸 밖에 나가서 밥을 먹자고 할까. 오늘은 혼자 구내식당에서 먹겠다고 하면 왜 딱하다는 표정을 지을까. 당신들은 왜 한 사람의 평화로운 점심시간을 방해하는

가. 왜 먹고 싶지도 않은 메뉴를 쏘겠다며 나대는가. 안 얻어먹고 싶은데 나는? 점심만이라도 혼자서 조용히 먹고 싶은데?

　회사 생활은 성미에 맞지 않아 오래 다니지 못하고 때려치웠지만, 그 시절 설레는 마음으로 들락날락했던 구내식당만큼은 여전히 그립다. 그래서 충분히 자율적으로 삼시 세끼를 먹을 수 있는 요즘에도 종종 구내식당이나 뷔페에 밥을 먹으러 간다. 내 몫의 식판을 들고 이리저리 어슬렁대는 기분이 좋아서. '얼마든지 양껏 드세요!'라고 말하듯 푸짐하게 담겨 있는 음식들이 보기 좋아서.

스몰토크란 무엇인가

밥은 혼자 먹는 게 편하고, 익숙한 사람끼리 먹는 게 제일이지만, 살다 보면 편하지 않은 사람과 밥 먹을 기회가 생긴다. 불편한 사람이라고 말하긴 뭐하지만 편치 않은 사람, 이를테면 회사 부장님이라든가 회사 부장님이라든가. 아니면 미팅 등의 이유로 마련된 식사 자리에서 익숙한 사람들 앞에서 그러듯 와구와구 먹기도 그렇고, '나 말할 기분 아니니까 밥만 먹고 갈게요'라고 우길 수 없을 때도 있다. 그럴 때는 잔잔한 위기의식이 밀려온다. '밥 먹으면서 무슨 말 하지?'

스몰토크. 작은 이야기라는 뜻이지만 결코 작지 않은 이야기. 대부분의 인간관계는 스몰토크로부터 시작된다. 스몰토크를 통해 긴장을 풀고, 호감이 생겨나고, 사랑에 빠지거나, 다툼을 겪고, 종말을 맞는다. 회생 불가능해 보이는 관계가 스몰토크 덕에 되살아나기도 한다. 이름에 '스몰'이 들어가 사소하게 취급당하고 있지만 스몰토크가 있어서 인류는 혼자가 아닐 수 있다.

사람을 세 부류로 나눈다면 1. 스몰토크에 능한 사람 2. 스몰토크에 젬병인 사람 3. 스몰토크에 대해 아무 생각 없는 사람으로 나눌 수 있을 것이다. 1번에 해당하는 사람일수록 사회생활에 능하고, 인간관계에 유연하게 대처할 줄 아는 사람, 2번에 해당하는 사람은 약간 안타까운 사람—스몰토크를 못하는 사람은 미디움토크, 라지토크에도 서툰 경향이 있다—, 3번에 해당하는 사람은 스몰토크 따위 신경 쓰지 않고 살아도 되는 자신의 권력을 인식하지 못하는 사람—회사 부장님이라든가 회사 부장님이라든가—이라고 생각한다. 전적으로 나의 편견이지만 어느 정도 일리 있는 말 아닌가?

그런 의미에서 지금부터, 아무도 시킨 적 없는 '스몰토크란 무엇인가'에 대해 이야기해보려 한다. 몸풀기로 문제 하나를 출제한다.

다음 중 점심시간에 나눌 만한 스몰토크 중 적절한 것을 고르시오.

1. 저 요즘 자전거로 출퇴근하거든요.

2. 요새 주식 하세요?

3. 날씨가 부쩍 습해서 어제는 제습기를 다 틀었습니다.

4. 자제분이 이번에 고3이라 하셨죠?

5. 그거 아세요? 제 동기 ○○○ 씨 지난달에 이혼했대요.

* &정답은 3번입니다

스몰토크에 있어 중요한 골자는 '누구도 해치지 않는, 굳이 기억할 필요 없는 이야기'다. 대화의 시작으로 흔히 질문을 던지곤 하는데, 이는 그리 안전한 방법이 아니다. 질문의 답을 예상할 수 없고, 이야기가 어떤 방향으로 흘러갈지 알 수 없으며, 상대방이 질문의 의도를 곡해하거나 질문 자체를 다른 의미로 받아들이기도 한다.

칭찬 역시 그다지 추천하고 싶지 않다. 칭찬이 아부의 색이 짙을 경우에는 그 자리에 있는 다른 사람에게 위화감을 조성할 수 있으며, 내가 칭찬하는 사람이 누군가에게는 꼴도 보기 싫은 사람일 수 있다. 만일 당사자 앞에서 칭찬할 경우, 그가 칭찬을 듣는 일에 익숙지 않아 얼굴이 빨개지고, 그걸 보는 다른 사람 얼굴도 붉어지는 난감한 사태가 벌어질 수 있으며, 난데없이 사람들 앞에서 칭찬을 늘어놓다니 무슨 꿍꿍이가 있는 것은 아닌지 오해를 살 수도 있다. 어색하게 주고받는 대화를 지켜봐야 하는 제삼자는 이게 대체 무슨 분위기인지 어리둥절해할 수도 있다. 특히 평소에 칭찬을 자주 하는 사람이 아니라면 억지로 칭찬하는 모습은 그저 부자연스럽게 보인다.

스몰토크 소재로 제격인 것은 날씨, 코로나19(확진자 수에 대한 이야기까지 꺼내면 분위기가 하염없이 심란해지므로 주의), 여름휴가나 연휴에 관한 이야기다. 상대방의 의중을 캘 마음 없이 그저 내 이야기를 건넨다. 이후 누군가가 자연스레 이야기를 이어가면 좋고, 그렇지 않다면 그저 최선을 다했다며 먹던 밥을 마저 먹는다. 스몰토크란 말랑말랑한 공을 아무 방향으로나 던지는 것. 그 공을 누가 받을지, 받지 않을지, 공이 예상하지 않은 곳에 가 닿을지 걱정할 필요 없다.

스몰토크를 할 때는 복잡한 생각을 하지 않는 게 좋다. '이 이야기를 하면 내가 잘나 보이겠지, 똑똑해 보이겠지, 센스 있는 사람처럼 보이겠지' 등등을 생각하며 이야기를 꺼내면 필시 상대방에게도 그 기운이 전해진다. 나의 이미지 쇄신을 염두에 두지 않은, 모두에게 가뿐하게 다가갈 수 있는 이야기만이 그 자리를 구원한다는 것을 기억하자.

이쯤에서 눈치 빠른 사람은 느꼈을 거다. 스몰토크에 대해 이렇게 진지하고 길게 떠들어대는 사람일수록 스몰토크에 능한 사람이 아니라는 것. 나로 말할 것 같으면 툭하면 질문을 퍼붓는다. 그것도 묘하게 사생활을 후벼 파는 질문을 아무렇지 않게 건네고 집에 돌아가는 길에 식겁한다. 때로는 칭찬이랍시고 평가하거나 판단하거나, 요청하지도 않은 조언을 지루하게 늘어놓으며 맞은편에 앉은 사람을 어이없게 만든다. 심사 위원이야 뭐야. 그게 꼰대 아니고 뭐야.

오답 노트를 작성하는 마음으로 이 글을 썼다.

'밥 사줄게'라는 말의 뜻

친구가 점심을 사준다고 해서 친구 회사가 있는 광화문으로 갔다. 점심시간이 끝나면 친구는 바로 회사로 복귀해야 했기에 그야말로 밥만 같이 먹기 위한 나들이였다. 받는 것보다 주는 게 마음 편한 성격이라 평소 밥 사준다는 제안에 민망해하는 편이지만, 그날은 설렜다. 친구가 일전에 스치듯 한 말 때문이었다. "우리 회사 근처 오면 내가 풀코스로 뫼실게."

풀코스로 모실게. 이 말에서 자신감과 카리스마가 느껴지는가. 이 말을 한 사람에게 신뢰가 느껴지는가. 나는 느껴진다. 왜냐하면 언뜻 쉬워 보이는 저 말을 하는 사람이 별로 없기 때문이다. 누군가를 풀코스로 모실 생각이 없기 때문일 수 있고, 내가 그렇게 대접할 만한 사람이 아니어서일 수도 있으며, 굳이 말 안 해도 풀코스로 대접할 수 있다고 생각하기 때문일 수도 있다. 모든 이유에 어느 정도 납득하지만 가장 고약하다고 여기는 케이스가 있는데 '내가 밥을 살 테니까, 당신이 차를 사세요'라고 생각하는 것이다.

먼저 밥을 사겠다고 해놓고, 본인이 밥을 사면 상대방이 차를 살 거라고 생각하는 이유는 무엇인가. 그 생각을 말하는 걸 들을 때에도 마음 한구석에서 미간이 구겨진다. 밥을 사겠다는 말은 대접하겠다는 뜻 아닌가. 대접하는 일에 더치페이를 들이미는 일은 솔직히 쩨쩨하지 않습니까? (흥분하면 존댓말을 쓰는 타입)

내가 밥을 사겠다며 누군가를 식사에 초대할 때면, 밥에 이어 차도 산다. 상대방이 "밥을 샀는데 왜 차까지 사죠?"라고 물으면 "내가 밥을 샀는데 당신이 차를 사면 아무 의미가 없잖아요. 그건 밥을 산 게 아니잖아요" 한다.

밥 사겠다는 말은 그야말로 밥을 사겠다는 말이니까 밥 먹고 나서는 헤어지면 된다. 그런데 우리가 어떤 민족인가. 커피의 민족 아닌가. 밥만 먹고 쌩 헤어지는 건 정 없으니 차라도 한잔하게 된다. 그럴 땐, 차도 내가 사면 된다. 그 상황을 영 어색해하는 사람이 있으면 찻값만 더 치페이하면 된다. 하지만 그런 적은 없다. 분위기만 싸해질 것이므로.

그래서 친구의 '내가 풀코스로 뫼실게'라는 말에 절로 나의 인생관이 겹쳐졌다. '아, 이 녀석도 밥 사준다고 말하고는 차까지 대접하는 사람이구나. 이날만큼은 상대방에게 지갑을 열지 않아도 된다고 말과 행동으로 보여주는 사람이구나.' 실제로 그는 맛있는 밥에 차까지 사주고 가볍게 손을 흔들며 회사로 복귀했다. 밥에 이어 차까지 얻어먹으며 나는 "아이구, 차는 내가 사도 되는데"라고 예의상 말해보았지만 그날은 그가 나에게 지갑을 열게 하지 않을 거라는 걸 알았다. 그 모든 예상과 결과에 설레며 집을 나선 것이다.

집으로 돌아오는 길, 유난히 발걸음이 가벼웠다. 역병의 여파로 내내 기분이 가라앉아 있는 친구를 웃게 만들고 싶다면 밥을 사주고 차도 사주면 되는구나. 그 계획에 앞서 이렇게 말하면 되는구나. "내가 풀코스로 모실게."

햇살이 내리쬐는 광화문 거리를 걸으며 오랜만에 행복했다. '밥에 이어 차까지 얻어먹다니 돈 굳었네!'라고 생각했기 때문일까. 이제껏 술 사준다는 말에 졸래졸래

나갔지만 2차는 내가 샀고, 심지어 그게 더 비쌌던 기억이 줄줄이 떠올라서일까. 아니면 밥을 얻어먹고 들른 카페에서 '계산 안 하고 뭐 해?'라고 말하는 눈빛을 마주하지 않았기 때문일까. 셋 다였을 수 있지만 가장 묵직한 이유는 '그래, 이게 진짜 밥 얻어먹는 거지!'라는 속 시원함 때문이었다.

밥을 사겠다는 뜻은 말 그대로 밥을 사겠다는 뜻이다. 거기에 '차는 당신이 사는 것'이라는 의미는 없다. '다음에는 네가 밥 사는 거다'라는 뜻도 들어 있지 않다. 그러니 차를 얻어먹을 생각이거나 다음 밥을 기대한다면 부디 그 말을 사용하지 마십시오. 더치페이는 그럴 때 쓰라고 있는 말이 아닙니다. (흥분하면 존댓말을 쓰는 타입)

씩씩한 산책

개와 동물병원 가는 일을 나는 '씩씩한 산책'이라고 부른다. 집에서 지하철역으로 두 정거장 정도 떨어진, 도보로 25분쯤 걸리는 곳이지만 일부러 걸어서 간다. 산책할 때 그러듯 주머니에 간식도 넉넉히 넣어 간다.

좋은 일로 병원에 가는 경우는 거의 없기 때문에, 병원에 가기로 결심하는 순간부터 진료를 받고 돌아올 때까지 보호자 및 반려견에게는 담담함으로 포장된 씩씩함이 꼭 필요하다. 그래서 산책인 듯 산책 아닌 여정의 이름은 씩씩한 산책이 되었다.

동물병원에 가는 길은 평소 산책길과 반대 방향이기에 집을 나서는 순간 개는 이미 알아차린다. 급속도로 걸음이 느려지면서 진짜 이쪽으로 가는 게 맞냐는 듯 나를 올려다보며 소통을 시도하는데, 동요해선 안 된다. "응, 가자!" 하고 앞장서 걸으면 개는 어리둥절해하며 따라온다. 그러다가도·아무래도 이건 아닌 것 같다는 듯 나를 자꾸 쳐다본다. 그럴 땐 웃지 않을 수 없어서 입술을 깨물며 달랜다. "흐흐흐…… 을릉 그즈……."

처음 개와의 생활을 시작했을 무렵에는 병원 가는 길이 마치 시험장을 향하는 길 같아서 집을 나서자마자 식은땀이 폭발해 옷이 땀으로 흠뻑 젖곤 했다. 개는 예민한 동물이라 보호자가 평소와 다르다는 걸 알아채고, 점점 눈치 보며 덩달아 불안해한다. 잔뜩 소심해져 도착한 병원이 반가울 리 없다. 병원 입구는 집 현관문과 다르게 거대하고, 의사 선생님은 비장하게 하얀 가운을 입고 있고, 주위를 둘러보면 처음 보는 인간들과 개들이 축 처진 얼굴로 조로록 앉아 있다. 그 분위기에서 자기 집 안방인 양 드러눕거나 다른 개에게 인사를 건네는 개가 더 신기한 거다.

우리 개는 나를 만나기 이전부터 다리가 약해서 태어난 지 1년도 지나지 않아 다리 수술을 받았다. 이후 조금만 무리해도 뒷다리를 절뚝이고, 불편한 듯 비스듬히

앉곤 해서 병원 신세를 많이 졌다. 그 외에도 종합 접종, 미용 및 목욕, 외부 기생충약 바르기, 귀 검사, 심장 검사, 피부질환, 잦은 구토 및 소화장애, 방광염 등으로 수시로 병원을 드나들고 있다. 처음엔 마냥 두렵던 과정을 반복하는 사이, 우리는 조금씩 단단해졌다. 예전의 일상이 나의 모자람을 자책하고 개의 그저 해맑음을 안타까워하는 시간이었다면, 이제는 나에게도, 개에게도 감당할 수 있는 일들이 늘었다. 우리는 점점 훌륭해지고 있다.

　이제는 병원 갈 일이 생기면 근처 분식집에서 점심 먹을 생각에 들뜨거나, 돌아오는 길에 개와 할 진짜 산책을 계획하며 여유를 부린다. 개는 병원 문 앞에서 조금 머뭇거리다가도 정작 문을 열고 들어가면 마음에 드는 의자에 올라가 앉거나 바닥에 엎드려 쉬거나, 가만히 앉아 내 손길에 몸을 맡긴다. 의사 선생님 앞에서는 나에게 바짝 붙어 덜덜 떠는 한이 있더라도 모든 진료 및 치료 과정을 견딘다. 날이 갈수록 의젓해지는 개의 모습을 마주할 때마다 긍지와 자부심, 대견함이 끓어오르지만 겉으로는 쿨한 척한다. 하지만 병원에 가는 날은 유난히 개를 자주 끌어안고 뽀뽀하게 된다.

　모든 순서를 마치고 병원 밖으로 나오는 순간, 개는

뒤도 안 돌아보고 힘차게 집 방향으로 뛰기 시작한다. 그 비굴하면서도 당당한 걸음걸이가, 좌우로 빠르게 움직이는 엉덩이가, 하늘로 바짝 올라간 폼폼 꼬리가 어찌나 귀여운지 나 역시 보폭을 맞추게 된다. 평소에 개가 말처럼 뛰면 산책 줄을 잡아당겨 저지하지만, 병원에서 돌아오는 길에는 내버려둔다. 가끔 나를 올려다보며 웃을 때는 주머니에 숨겨둔 간식도 주고, 목 말라 보이면 물도 먹이고, 그때부터 우리의 진짜 산책을 시작한다.

집으로 향하는 길. 점심시간을 맞은 거리는 사람들로 북적인다. 아까까지 닫혀 있던 식당은 문을 활짝 열어 손님맞이에 분주하고, 열어둔 출입문 사이로 음식 냄새가 폴폴 풍긴다. 제복을 입고 거리로 나온 사람들, 오늘은 무얼 먹을지 고민하는 무리의 모습에 나 역시 그날 첫 끼를 진지하게 고민하게 된다.

평소 지켜봐온 김밥집 앞에 멈춰 선다. 문 앞 탁자 위에 놓인 꼬마김밥이 먹음직스럽게 보인다. 주문을 받으러 온 점원은 개를 보며 활짝 웃는다. "어머, 귀여워라." 다른 직원에게 서둘러 알린다. "개 왔어, 좀 봐봐. 엄청 귀여워." 다른 직원 역시 우리 앞으로 달려와 환하게 웃는다. "아이구 예뻐라. 아유……." 그 반응에 망설임 없이 김밥을 주문한다. 우리 개를 예뻐하는 식당이 맛없는 김밥을 만들 리 없다. 맛없어도 맛없을 리 없다.

꼬마김밥이 든 비닐봉지를 달랑달랑 들고 집으로 향하는 길. 오늘의 씩씩한 산책에서의 수확을 곱씹어본다. 점점 용감해지는 우리 개. 큰 이상은 없다는 의사 선생님의 소견. 개를 반겨주는 동네 식당. 기대되는 점심밥. 오늘의 씩씩한 산책도 성공이다.

효도 점심

한두 달에 한 번, 서울 근교에 있는 부모님 댁에 점심을 먹으러 간다. 부모님을 뵈러 가기에 앞서서는 각오가 필요하다. 수칙도 있다.

1. 두 분 말씀에 토 달지 말 것.

   (마법의 한마디, "네, 그렇죠.")
2. 메뉴 선택의 권한은 나에게 없음을 잊지 말 것.

   (아마 오리 백숙집에 가게 될 것이다)
3. 부모님이 내 앞에서 서로를 디스하더라도 잠자코 있을 것.
4. 엄마가 가자는 데가 있으면 말없이 따라나서고, 가서는

끊임없이 감탄할 것.

(예시: "너무 좋네요, 여기!")

5. 두 분께 선사할 적당한 선물과 용돈을 준비할 것.

이 모든 게 가능하지 않은 체력과 멘탈, 경제 상황이라면 방문을 미룬다. 마음을 단단히 먹고 가도 제대로 수행하기 쉽지 않아서 부모님 댁을 향하는 차 안에서 정신 승리를 위한 구호를 읊조린다. 네 의견은 넣어둬. 그냥 듣기만 해, 견뎌, 알았지. 왜 못 해.

부모님과 나 사이에는 거대한 강이 흐르는데 그 강은 수영으로도, 뗏목으로도, 모터보트로도 건널 수 없다. 강 너머 부모님께 닿는 방법으로는 경청, 감탄, 끊임없는 리액션, 고마움의 표현(Feat. 현금) 등이 있다. 마음에서 우러나온 것인지 아닌지는 중요하지 않다. 없는 마음이라도 표현하려는 의지, 어떻게든 이 만남을 원만히 마무리하려는 열정이 중요하다.

두어 달 만에 만난 부모님은 전보다 지쳐 보인다. 부모님은 매번 조금씩 미래에 가까운 얼굴이 되어간다. 그 사실에 숙연해지지만 티 내지 않는다. 어쩌면 부모님도 내 얼굴에 깃든 그늘에 난감해하고 계실지 모른다. 그래서인지 부모님 앞에서는 늘 씩씩한 척을 하게 된다.

두 분 역시 내가 갈 때마다 최대한 정정함을 선보인다. 아빠는 새벽부터 일어나 온 집 안을 청소하고, 엄마는 온갖 반찬을 만들어놓고 나를 기다린다. 현관문을 열자마자 엄마는 줄줄이 읊는다. "하동에서 삼촌이 감자 보내줬는데, 싸 갈래? 김치 담갔는데 싸 갈래? 너 준다고 반찬 많이 했는데 싸 갈래?" 가져가더라도 늘 남거나 상해서 버리기 마련이라 고개를 저으면 엄마는 말한다. "너도 자식 낳아봐라. 뭐든 싸주고 싶지." 그 말에 대답한다. "그럼, 조금만 싸 갈게요……."

사람이 많이 모이는 자리는 여전히 편치 않아서 외식 대신 집에서 고기를 구워 먹기로 한다. 엄마가 가스레인지 앞에서 뒤적뒤적 고기를 구울 때, 나는 옆에서 상추를 씻는다. 밥을 푸고, 아직 온기가 남아 있는 반찬을 그릇에 담아 거실에 있는 테이블에 둘러앉는다. 그때부터 시작되는 엄마의 "나 아는 사람이 있는데……" 시리즈. 시간차 공격으로 치고 들어오는 아빠의 "내가 이야기 하나 할까" 2탄, 3탄, 4탄……. 전혀 연결되지 않는 이야기를 배틀하듯 쏟아내며 내가 맞네, 당신이 틀렸네 옥신각

신하는 부모님을 앞에 두고 나는 그저 열심히 먹는다. 여기서 여섯 번째 각오 추가요.

6. 부모님의 말다툼은 집 안에 흐르는 배경음악쯤으로 여긴다.

엎히기 직전의 점심식사가 끝나고, 소화도 시킬 겸 동네 근처를 산책하기로 했다. 그럴 때마다 아빠는 조금 내키지 않는 눈치다. 평소 '나가면 다 돈이다'라고 굳게 믿는 아빠는 될 수 있는 한 집에 머물고 싶어 하시지만 엄마는 집에 있으면 없던 병도 날 것 같다고 하신다. 또 한 번 두 분의 아웅다웅을 모른 척하며 신속히 운전석에 앉는다. 잠시 후면 아빠는 이렇게 말씀하실 것이므로. "시상 좋다. 딸이 운전하고, 내는 뒤에 따악 타 있고…… 내는 이럴 때 기분이 최고로 좋다."

계절이 한곳에 모인 숲길을 부모님과 함께 걷는다. 걷는 내내 엄마는 각종 꽃과 풀에 대해 강의를 펼치고, 이런 데가 없는 서울에서는 갑갑해서 못 살 것 같다는 입장을 표명하다가 갑자기 아빠와는 말이 안 통한다는, 취미도 맞지 않는다는, 이제껏 수천 번은 더 들어 외워버린 고충을 새롭게 털어놓는다. 그 모든 얘길 듣는 둥 마는 둥 다 듣고 있던 아빠는 잠시 투덜투덜하다 일부러 멀찌 감치 앞서 걷는다. 오랜만의 가족 외출이 파국을 맞고 있음을 느끼면서도 나는 입을 다문다. 어떤 말을 더한다고 해서 말끔히 해결될 역사가 아니다. 나와 부모님 사이에 흐르는 강은 엄마와 아빠 사이에도 흐르고 있다.

몇 시간 후, 엄마 반찬으로 가득 찬 가방을 들고 길을 나선다. 짐을 들어주겠다며 주차장까지 따라나선 엄마에게 용돈 봉투를 건넨다. "아유 왜. 너 힘들게 번 돈을 자꾸 왜. 됐다! 안 할래!" 손사래 치는 엄마를 못 본 척하고 차에 올라타 봉투를 던지고 창문을 닫으면, 어느새 엄마는 봉투를 쥔 채 웃는다. "고마워."

점점 작아지는 엄마의 모습을 룸미러로 바라보며 서울을 향해 차를 몬다. 아까부터 마음은 내 집에 가 있지만, 올 수 있어 좋았다 싶다. 그러면서도 자동차가 서울에 가까워지니 무념무상의 눈동자로 긴 숨을 내쉬게 된다.

다음 날, 나의 공간에서 오직 나를 위해 차린 밥상을 보며 생각한다. 젓가락질 몇 번이면 끝나는 썰렁한 식탁이지만 이게 더 좋다고. 역시 밥은 혼자서, 조용히 먹는 게 좋다고. 엄마 아빠를 좋아하지만, 가끔 만나야 더 좋다고.

엄마가 싸준 감자를 먹으며 문자를 보낸다. "엄마 감자가 너무 맛있네. 잘 먹을게요." 엄마의 답장. "그런 감자 서울에서는 못 산다. 준다고 할 때 많이 가져가지. 더 갖다줄까?"

엄마는 늘 넘치도록 주고 싶어 한다. 다만 그건 내가 원하는 게 아니어서 늘 사양하게 된다. 우리는 서로 보고 싶어 만났으면서도 정작 그 얼굴 앞에서는 내내 투덜거리다 헤어지고 나서 각자의 잠을 설친다. 하지만 다음 날이면 어김없이 내 밥상에는 엄마 반찬이 올라오고, 그걸 먹으며 만회라도 해보겠다는 듯 문자를 보낸다. "너무 맛있네. 잘 먹을게요, 엄마."

한두 달 후에 어제 오늘과 같은 일은 순서도 안 바뀌고 또다시 일어날 것이다. 그 사실에 늘 안도한다. 어쩌면 부모님도 그러실지 모른다.

심너울

SF 작가. 단편집 《땡스 갓 잇츠 프라이데
이》, 《나는 절대 저렇게 추하게 늙지 말아야
지》, 《꿈만 꾸는 게 더 나았어요》, 장편 《우
리가 오르지 못할 방주》를 썼다.

잔디 된장찌개

된장찌개를 해 먹을 생각이었다. 포장을 까고 반을 잘라 먹은 두부를 냉장고 안에 오래 방치해뒀는데, 이제 슬슬 불안한 시점이 되었기 때문이었다. 나는 음식을 남길 때마다 미묘한 죄책감을 느낀다. 두부를 반 모나 썩혀서 음식물 쓰레기로 만들면 악몽을 꿀지도 몰랐다. 마침 된장찌개를 해 먹은 지도 오래되었다. 마땅한 재료가 양파랑 두부밖에 없었다. 근처에서 애호박을 사야겠다고 마음먹었다. 싸고 맛있고 칼질하기 쉬운 애호박!

옷을 대충 주워 입고 우산을 들고 나섰다. 밖에선 한 달째 비가 내리고 있었다. 친구는 이제 장마가 아니라 우기라고 표현하는 게 적확하다고 주장했고 나도 수긍했다. 목에서 아가미가 자라나면 보기는 좀 안 좋아도 대단히 편리하겠다는 생각이 들었다. 우산도 별 소용이 없는 날씨였다. 순식간에 온몸이 젖었다. 영광의 애호박만을 생각하면서 걸었다.

물의 시련을 뚫고 간신히 도달한 청과점에서 애호박은 한 개에 5000원이었다. 눈이 당장 튀어나올 것 같았다. 평범한 애호박 한 개에 5000원이라니! 이런 말을 하고 싶진 않지만, 솔직히 2000원만 더해도 뜨끈한 국밥이 한 그릇 아니겠나?

다른 야채들도 전부 가격이 불가해한 경지에 도달해 있었다. 한 달 전과 가격이 비슷한 식품은 공산품뿐이었다. 나는 콩소메맛 과자를 하나 사 들고 돌아왔다. 계획을 변경해 수입산 냉동야채와 두부를 소금과 후추를 치고 볶았다. 잘게 잘리고 급속동결된 그린빈과 브로콜리가 입안에서 씹히면서 수분을 내뿜었다.

인터넷에 검색하니 한 달 넘게 내린 비 때문에 야채 가격이 그렇게 되었다고 했다. 비가 계속 내리니 많은 채소가 웃자라거나 썩어버려서 도저히 먹을 수 없게 되었다는 것이었다. 수량이 절대적으로 부족했다. 마라탕 식당에서 청경채를 내놓지 않는다는 증언도 보았다.

나는 살짝 영혼이 새어나간 채로 창밖을 보았다. 끝없이 비가 내렸다. 비가 안 내리고 먹구름만 껴 있어도 맑다는 생각이 들 정도로 기나긴 장마였다. 기후 위기가 재앙의 국면에 도달했다는 것은 오래전부터 알고 있었다. 그런데, 애호박 5000원 덕에 그 현실을 아주 쉽게 이해할 수 있었다. 족집게 강사에게 과외를 받는 기분이었다.

뒷산에서 잔디를 뜯어 된장찌개에 넣어 끓여 먹는 내 모습을 상상했다. 우리는 무얼 먹고 살게 될까? 그 생각을 하는 동안에도 비는 내리고 있었다. 저 비가 과연 그치긴 할까?

생각해보면 내가 된장찌개에 멜론을 넣어 먹든 잔디를 넣어 먹든 그건 문제가 아니었다. 남부에는 말 그대로 물난리가 나고 있었으니까. 수해가 발생하고 있다는 건 알고 있었지만, 애호박이 5000원을 찍은 그날 본 뉴스는 더욱 충격적이었다. 범람한 강물 위에 비죽이 튀어나온 철근콘크리트 건물들은 그 모습만으로 문명이란 단어에 조소를 보냈다. 내가 야채값과 외출할 때 젖는 신발 때문에 고민하고 있을 때 어떤 사람들은 삶의 터전이 사라지고 있었다.

갑자기 돌아오는 옛 기억에 몸서리쳤다. 2003년 태

풍 매미가 한국에 상륙했을 때 내가 살던 마산은 박살이 났다. 당시에 우리 집은 마산 구석의 해안에 있었는데, 창문이 박살 나고 파도가 우리 집 마당까지 들어왔다. 우리가 가지고 있던 배가 망가졌다. 간척지인 시내는 건물들이 물에 잠겨서 사망자가 발생했고, 크레인이 바람을 견디지 못하고 붕괴했다. 나는 그때 자연의 공포를 처음으로 느꼈다. 그리고 그 공포를 오랜만에 다시 느꼈다.

"2020년이 됐는데도 이런 일이 일어나고 있다고?"

나는 혼잣말을 되뇌었다. 현실도피였다. 2020년이 됐는데도 이런 일이 일어나는 게 아니다. 이 모든 문제들은 이토록 발달한 2020년에 새로 생긴 것이 아니었다. 이것들은 우리 세상이 그토록 발달한 대가로 나타난 것이었다. 기후는 갈수록 더 나빠지고 있으니까, 문명은 그 수천 년 치의 업보를 이제 단기 할부로 정산하고 있으니까.

시간이 흐르면 세상은 더 살기 좋은 곳이 된다는 믿음이 있었는데, 그것이 조금씩 흐려지기 시작했다. 이제 이런 여름이 반복되고 좋았던 때는 다 지났다는 예감이 가슴 한편에서 자라났다. 앞으로 닥칠 더 고통스러운 시대에, 고통이 불공평하게 배분된다는 사실이 나를 막막

하게 했다. 나는 감정에 압도되었다. 내가 무얼 할 수 있는지 찾아보아야 했을 것이다.

하지만 그 점심엔 그럴 수 없었다. 그 시간, 나는 압도적인 절망을 어떻게 다뤄야 할지, 다루는 게 가능하기는 한지 전혀 알지 못했다.

책의 문제

식사를 하고 글을 쓰기 전에 잠시 책을 읽는다. 이것은 노는 게 아니라 자료 수집이라고 애써 변명하면서 말이다. 나는 독서로 뭔가를 정말 크게 얻었다. 그 흔적은 지나치게 명료한 것이라 애써 찾을 필요도 없다. 바로 거북목과 항상 긴장되어 있는 승모근이다.

책이 완전한 발명품이라고 주장하는 사람들이 있다. 완전한 발명품이라고 함은, 어떤 발명품은 이미 완전한 단계에 도달했기 때문에 더 이상 나아지려고 해도 나아질 수가 없다는 것이다. 자전거가 훌륭한 예시가 될 수 있을 것이다. 자전거는 인간이 만들어낸 이동 수단 중에서 에너지를 가장 효율적으로 사용한다. 책의 형태가 오랜 시간 동안 바뀌지 않았음은 이해하겠다. 하지만 정말 책이 자전거가 앉은 황금 옥좌에 가까이 갈 수 있는 자격이 있을까?

인체공학적인 측면에서 말이다. 한글을 익힌 이후로 책을 20년 넘게 꾸준히 읽었지만, 여전히 책을 편하게 읽는 방법을 잘 모르겠다. 나는 책을 엎드려서 읽거나 앉아서 다리를 살짝 꼰 채로 읽거나 누워서 팔을 들고 읽는데, 많은 사람들이 마지막 자세 빼고는 자해나 다름없다고 내게 경고했다. 그런 식으로 책을 읽으면 척추와 목이 붕괴하리라고. 하지만 누워서 읽는 건 팔이 아파서 3분 이상 하기 힘든데! 왜 인간의 몸은 가장 편하게 느껴지는 자세가 가장 위험한 자세이게끔 설계된 것인가? 이는 실로 지적설계설을 정면으로 반박하는 무수한 근거 중 하나다.

부정하고 싶지만 몇 년 전부터 책을 읽을 때마다 몸이 더더욱 뻑적지근하게 느껴지기는 했다. 나는 책을 편하게 읽기 위한 도구들을 찾아 돌아다녔다. 가능하면 누워서 읽을 수 있어야 했다. 나는 독서용 안경과 누워서 읽는 독서대를 구매했다.

독서용 안경은 렌즈 앞에 직육면체의 커다란 상자

가 붙어 있는데, 잠망경의 원리를 그대로 활용한 것이다. 이것을 쓰고 똑바로 서면 내 아래가 보인다. 누워서 책을 배 위에 얹은 다음 읽으면 된다. 나는 이것을 보자마자 허블 망원경 이후 광학이 인간 문명 발전에 기여한 가장 위대한 업적이라고 생각하고 고급형으로 구매했다. 하지만 실제로 써보니까 너무나도 어지러운 데다가, 시야가 은근히 좁았다. 나는 구역질을 하면서 안경을 서랍 안에 넣었다.

누워서 읽는 독서대는 받침대가 있는 길쭉한 스탠드다. 책을 묶은 다음, 읽을 페이지에다 자석을 붙여서 책장이 중력에 따라 떨어지지 않게 고정한다. 이것은 처음에는 편리했지만, 페이지를 넘길 때마다 자석을 뗐다가 다시 붙여야 하는 것이 너무 고역이었다. 페이지를 넘길 때마다 해야 하는 일이 생기니 몰입에도 방해가 되었다.

전자책을 대책으로 생각하기도 했다. 나도 요새는 전자책을 더 많이 소비하고 있다. 일단 부동산 문제 때문에 종이책을 들여놓을 공간 자체도 부족하고. 하지만 수많은 전자책 뷰어와 태블릿들은 인체공학적으로 책과 비슷한 문제를 가지고 있다. 아이패드로 책을 읽다가 코위에 떨어뜨려서 끔찍한 고통을 맛보기도 했다.

어쩌면 VR 전자책 뷰어를 누가 만들고 있지는 않을까 기대하기도 한다.

내 상상 속에서 이것은 다른 수많은 VR 기계들처럼 생겼다. 기본적으로 커다란 전자장치가 붙어 있는 안대다. 사람들은 이 장치를 끼고 양 눈에 3차원으로 비치는 전자책 페이지를 마음껏 읽을 수 있다. 심지어 두 손이 묶인 상태에서도 사용할 수 있을 것이다. 안구 이동 UI를 사용할 계획이기 때문이다. 눈을 두 번 깜빡이면 다음 페이지로 넘어간다. 귀에 무게가 너무 심하게 가해지진 않을까? 걱정 마시라. 내 뷰어는 오직 전자책을 읽는 데만 사용되기에 해상도만 충분하면 된다. 아주 높은 사양이 필요하지는 않고, 즉 경량화에 추가로 배터리 절약까지 가능한 것이다.

나는 이 뷰어가 널리 퍼지면 전자책 시장이 얼마나 확장될까 기대한다. 모든 사람들이 책을 다시 읽기 시작할 것이다. 어떤 사람들이 믿는 대로, 기술이 우리 상처를 치유해준 것이다……. 이런, 정말 그럴싸해 보이는데, 나 글 쓰지 말고 투자받으러 다니는 게 나을까? 나는 동네방네 이 이야기를 떠벌리고 다녔다. 그러자 다섯 명이 똑같이 지적했다.

"1년만 쓰면 몽골에서 매사냥하던 사람도 시력이 0.1로 떨어지겠어요."

이런.

오늘 점심은 특이한 까까에 도전해요

이틀 전 저녁에 K와 함께 편의점에서 특이한 과자를 잔뜩 샀다. 나는 세상에 계란프라이맛+김치볶음밥맛 감자칩이라는 게 나올 수 있을 거라고 감히 생각한 적이 없었다. 계란프라이맛을 꺼내 한 입 먹으니까, 그 적나라한 식감의 차이에도 불구하고 진짜 계란프라이맛이 분명하게 느껴져서 당혹했다. 미묘한 계란 비린내까지 잘 표현되어 있었다. 좀 더 면밀하게 묘사하자면, 그것은 계란프라이의 살짝 탄 외곽 부분을 뜯어내서 먹는 맛이었다. 거의 본능적인 거부감과 탄수화물 과다 섭취에 대한 부담을 이겨낼 수 있다면 밥반찬으로 먹어도 나쁘지 않을 것 같았다.

함께 들어 있는 김치볶음밥맛 감자칩은 좀 더 익숙한 맛이었는데, 김치라면에 들어가는 시큼하고 짠 시즈닝을 감자칩에 발라 먹는 것과 아주 유사한 맛이 났다. 두 감자칩의 맛이 포장 속에서 뒤섞이지 않고 자신의 영역을 고유하게 유지하고 있는 것도 신기했다. 내 뇌는 식품공학의 마법 때문에 약간 혼란해했다. 분명히 내가 아는 그 맛인데, 식감이 전혀 달랐으니까! 바삭바삭한 물을 마신다면 비슷한 기분일까? "와, 진짜 그 맛 나네." K와 나는 당황스러운 웃음을 흘렸다. 흐흐흐.

하지만 군것질거리에서 우리가 원하는 건 신선한 충격이 아니라 익숙한 즐거움이었다. 그날의 실험적인 과자 도약은 거기까지 하기로 하고 우리는 봉지를 접었다.

그날의 경험 덕에 마트에 들렀다가 평소엔 신경도 안 쓰는 과자 매대에 눈길이 갔다. 별별 것들이 다 있었다. 꼬깔콘 멘보샤맛(?), 허니버터칩 웨딩케이크맛(??), 도미덮밥맛 감자칩(??????)…… 좀 더 돌아다녀보니 재현 범위가 맛에만 한정되어 있는 것이 아니었다. 어떤 음식의 모양을 흉내 내는 젤리들도 가득했다. 통닭 모양 젤리, 삼겹살 모양 젤리, 회 모양 젤리, 단무지 모양 젤리. 음식의 스펙트럼을 아무리 넓혀도 거기에 속하지는 못

할 것 같긴 하지만, 똥 모양 젤리도 있었다. 그 젤리 포장엔 물티슈가 붙어 있었다. 흠…….

중학교 사회 시간에 현대 산업은 소품종 소량 생산에서 소품종 다량 생산을 거쳐 이제 다품종 소량 생산의 단계에 진입했다고 외웠던 기억이 났다. 인류의 산업 문명과 식품공학이 도미덮밥맛 감자칩과 똥 모양 젤리라는 숭고한 목적을 위하여 그 기나긴 발달의 여정을 거쳐 왔다고 생각하니 가슴이 벅찼다.

나는 대체 어쩌다가 이렇게 과자 시장의 외연이 특이하게 확장되고 있는지 궁금해졌다. 포털에 검색해봐도 과자 회사들의 입장은 찾기 힘들었다. 그래도 SBS에서 낸 동영상 뉴스가 하나 있었는데, "편의점에 가면 특이한 맛의 과자들이 많이 보이는데 실은 데이터에 기반해서 만들어진 과자다. 구매 및 SNS 데이터들을 분석해 그 시기 트렌드에 맞는 조합을 예상해 만들었다"라는 두 마디만 남기고 뜬금없이 빅데이터의 다른 활용 분야로 이야기가 넘어가더니 과자에 대해선 한마디도 언급하지 않았다.

글쎄? 내가 인터넷 쇼핑몰에서 18센티짜리 작은 프라이팬을 샀는데 1인용 실리콘 뒤집개를 추천하는 것은 데이터에 따른 적절한 판단이겠지. 하지만 내가 도미와 감자칩을 자주 같이 사 먹는다고 해서 도미덮밥맛 감자칩을 원할 것 같지는 않은데. 웨딩케이크맛 허니버터칩이 어떤 데이터에서 나왔는지는 정말 짐작도 할 수 없었다. 비혼주의자가 늘어나는 현 통계에 맞춰 과자로라도 결혼의 느낌을 즐겨보라고?

그래도 업계 종사자들이 우리 사회의 동료라고 생각하면 이해할 수 있었다. 세상에 온갖 형태와 온갖 맛의 과자가 다 나왔는데, 참신하면서도 친숙하게 받아들여질 수 있는 맛을 만드는 건 얼마나 힘든 일이겠나. 모두가 군옥수수맛과 소금맛과 치즈맛 과자만을 만들어 팔 수는 없는 법이다. 모든 기획이 그렇듯 새로운 과자 기획 또한 고뇌로 가득 찬 영역이겠지. 나는 어떻게든 참신한 과자를 만들기 위해 노력하는 사람들을 상상했다.

삶이라는 벅찬 시련에 맞서 싸우는 그들의 도전에 겸허히 힘을 보태기로 했다. 일종의 일상의 도전이라 생각하고 꼬깔콘 멘보샤맛을 샀다. 멘보샤는 으깨서 익힌 새우 살을 빵 사이에 끼워서 튀겨 먹는 중국요리다. 포장에 적혀 있지 않았더라면 꼭 집어 말하긴 힘들었겠지만, 꼬깔콘에서는 분명히 멘보샤 비슷한 맛이 났다. K는 도

미덮밥맛 감자칩도 담백한 생선 살과 미묘한 간장의 맛
이 느껴지는 아주 즐거운 과자라고 넌지시 말했다.

교정용 젓가락과 가정교육

요즘엔 교정용 젓가락을 쓰고 있다. 젓가락질을 못하는 사람들을 위해 발명된 이 젓가락은 윗부분이 적당하게 벌어진 채로 연결되어 있다. 검지와 중지를 넣을 수 있는 플라스틱 링이 위쪽에 달려 있고, 아래쪽에는 엄지 받침대가 튀어나와 있다. 나는 그 뻑뻑한 고리 안에 손가락을 넣고 어색하게 음식을 집어 먹는다. 원래는 왠지 눈이 죽어 있는 커다란 플라스틱 뽀로로가 달린 노란색 유아용 교정용 젓가락을 썼는데, 손가락이 너무 아파서 찾아보니 갈색 성인용 교정용 젓가락도 팔고 있었다. 나는 음식을 질질 흘린다. 옛날에 분명 한국인들이 젓가락을 잘 쓰기 때문에 뇌가 자극돼서 똑똑하다는 이야기를 들

은 적도 있는 것 같은데 그다지 머리가 좋아지고 있는 것
같지는 않다.

원래는 젓가락 두 짝을 착 붙여서 썼다. 젓가락 두 쪽
을 약지 위에 댄 다음, 해부학 전문용어 없이는 설명할
수 없는 극도로 섬세한 인대 운동을 통하여 젓가락을 X
자로 교차시켜서 음식을 집었다. 사춘기가 끝나기 전까
지는 아예 주먹을 쥐어서 썼다. 그때는 새끼손가락만 아
래로 쭉 뺀 다음, 새끼손가락 끝마디에 젓가락을 받치고
새끼손가락을 휘는 식으로 젓가락을 벌렸다. 지금도 오
른쪽 새끼손가락이 왼쪽 새끼손가락보다 훨씬 유연하
다. 오랫동안 계속 휘어져서 헐렁이게 된 관절이 다각도
로 움직이는 모습에도 '유연하다'라는 단어를 쓰는 게 적
당하다면 말이다.

살짝 정직해지자면 나는 내가 틀리게 젓가락질을
하는 데 대한 자부심을 가지고 있었다. 어떻게 그럴 수
가 있나, 〈DOC와 춤을〉에 너무 깊은 인상을 받은 것이
아닌가? "젓가락질 잘해야만 밥을 먹나요……." 아니면
내가 교과서에 나오지 않는 나만의 방식으로 이 세상에
서 가장 다루기 힘든 식기구를 조작하는 개척자였기 때
문에?

뭐 그런 거창한 이유까지는 아니고. 내가 틀린 젓가락질을 고수한 이유는 순전히 가족에게 귀에 딱지가 앉도록 들은 말 때문이었다.

"너 그렇게 젓가락질하면 같이 식사하는 사람들이 네가 가정교육을 못 받았다고 본다."

"잘됐네요. 젓가락질 하나로 가정교육 운운하는 무례한 사람들을 거를 수 있으니까."

그때마다 이렇게 답했고, 항상 말대답을 한다는 욕을 얻어먹었다. 그러니까 가족은 내게 일종의 '가정교육'을 실시한 셈인데, 그런 식의 가정교육이 실용적인 결과를 불러올 수 없다는 건 명백하다. 너무나 당연히도 나는 내 젓가락질 방식을 나이 들어서까지 유지했다. 부모님은 오랫동안 거기에 신경을 썼지만 내가 20대가 되어 상경한 이후로는 더 이상 지적하지 않게 되었다. 우리는 1년에 두세 번 만났고, 그 아까운 시간 동안 싸워야 할 중요한 주제가 많았다. 심씨 종친회에 대한 내 뿌리 깊은 경멸이라든지, 다음 대선 후보 중 누가 당선되면 나라가 망한다든지 하는. 그 이후로 내 젓가락질을 지적하는 사람은 없었다.

독립하고 몇 년이 지나서야 나는 교정용 젓가락을

구매했다. 누가 식탁에서 내 가정교육을 지적한 건 아니고, 중국인들 때문이었다. 원래 쓰던 방식대로 젓가락을 쓰면 11자로 달라붙었다. 나는 한국 쇠젓가락 중에서도 길쭉한 직육면체로 정직하게 만들어진 싸구려들을 선호했다. 끝으로 갈수록 가늘어지는 젓가락은 빈틈이 생겨서 제대로 쓸 수가 없었기 때문이었다. 그런데 중식집의 젓가락은 항상 그렇게 가늘어지는 형태의 젓가락이었고, 나는 중식 면이나 자차이 따위를 질질 흘리면서 먹어야 했다. 나는 내 몫의 음식을 내 입안으로 제때 나를 수 없다는 사실을 용납할 수 없었다.

나는 내 손가락에 올바른 방법으로 묶여 음식을 깝짝대는 젓가락을 보면서 상상한다. 가족은 아직 내가 젓가락질을 교정하고 있다는 것을 모른다. 이 역병이 조금 잦아들고 내가 고향으로 내려가게 된다면, 그리하여 우리가 오랜만에 같은 식탁을 공유하게 된다면, 나는 아직 완전하지는 않지만 그래도 일반적인 방식에 맞게 젓가락질을 할 것이다. 20년 넘게 구축해놓았던 세계관(즉 우리 둘째 아들은 젓가락을 기괴하게 쓴다는)이 붕괴하는 부모님의 얼굴을 보면서 나는 다음 두 대사 중 하나를 친다.

"사회적 시선을 따지면서 겁주는 것보다 그냥 실용

성 이야기를 하는 게 더 좋았을 것 같아요. 제가 반항을 해서, 그게 곪아서 서로에게 상처가 될 수도 있었을걸요." 혹은 "부모님 말씀이 틀리지 않았다 싶었어요. 사람들이 저보고 가정교육 운운해서 기분 나쁘더라고요. 이 참에 고쳐버렸죠."

우리 부모님은 60대 중후반이고 내가 동생을 볼 가능성은 없다. 부모님의 가정교육 방식에 대해 논해봤자 이제 바뀔 것은 없다는 뜻이다. 그래서 나는 아직 어떤 이야기를 할지 결정하지 못했다.

성탄절에 성탄절이 그립다

성탄절에 성탄절이 그립다. 우스운 일이다. 그리워할 것도 없는데.

살면서 기억에 남는 성탄절을 보낸 적이 없다. 우리 가족은 본래 생일을 제한 기념일에 무심한 편이었다. 나는 유치원에 다닐 적에 화장실 변기에 앉아 《좋은 생각》 잡지를 읽다가 산타가 존재하지 않는다는 걸 깨달았다. 그보다 나이가 더 들어서는 성탄절은 그냥 겨울방학의 어느 날에 지나지 않았다. 공휴일이라는 어마어마한 지위도 방학의 무게감에 눌려 흐릿했다. 고등학생쯤 됐을 때는 낯부끄럽게도 종교적 관습을 무시하고 경멸하는 게 쿨하다고 생각했기 때문에 성탄절을 의도적으로 무시했다.

2019년의 성탄절에는 자취방에서 그냥 술을 퍼마시고 누워 잤다. 성인이 되고 혼자 살기 시작한 이후로 내 성탄절의 모습은 항상 그랬다. 정확히 뭘 하면서 술을 마셨는지는 기억이 잘 안 나는데, 아마 트위터나 하고 있었겠지. 그래도 술을 마신 후의 상황은 기억이 난다. 나는 편의점에서 사 온 맥주 네 캔을 안주 없이 마셨고, 체온이 낮아져 침대에 누워 오슬오슬 떨었다. 친구들은 이 홀리데이를 다양한 방식으로 즐기고 있었다. 거창한 파티를 즐기는 사람도 있었고, 가볍게 선물을 주고받는 사람도 있었고, 연인과 시간을 보내는 사람도 있었고.

나는 그걸 보고 외롭거나 슬프다고 생각하지 않았다. 이해하기 힘들다는 생각만 들었다. 사람들이 특정한 날짜에만 즐기는 음식, 행위, 노래 등등을 정하는 것을 도저히 받아들일 수가 없었다. 모든 것이 더 비쌀 때에, 굳이 나가서 온갖 사람들이 부글거리는 혼잡한 거리를 거니는 것도 보상보다는 벌칙에 가까워 보였다. 그리고, 선물은 언제든 주고받을 수 있지 않나?

그리고 2020년의 성탄절에, 나는 성인이 된 이후 이 날에는 언제나 그랬듯 혼자 있었다. 점심으로는 카레볶음밥을 해 먹었다. 창문을 열어놓고 토퍼 위에 누웠다. 가장 편안한 자세를 찾은 다음 책을 읽고 트위터에 헛소리를 올렸다. 나는 지금부터 오늘의 종말이 올 때까지 단 한 마디도 하지 않을 것이라는 사실을 알았다. 당연히 역병 때문이었다. 나는 12월 초에 밀접접촉자로 분류되어 자가격리를 했고, 그 이후로 사람을 만나는 것 자체가 무서워져서 집에 콕 박혔다. 3주간 한마디도 하지 않았다.

나는 내가 괜찮을 거라고 생각했다. 나는 내향적이고 많은 사람들을 무서워하는 사람이다. 앞으로도 어떤 결정적인 사건이 없는 이상 이런 본성은 바뀌지 않을 거라고 생각한다. 하지만 지금 이 순간 나는 내 내향성으로도 도저히 견딜 수 없는 혼자 있는 고통을 느꼈다. 사람을 보고 싶었다. 그냥 수다를 떨고 싶었다. 같은 시간을 나누고 싶었다. 줌 화상통화로 친구와 같이 술도 마셔보았지만 그건 아무래도 부족한 느낌이었다.

문득 이전에 이해할 수 없던 것을 이해할 수 있을 것만 같은 생각이 들었다. 12월 25일이 되면 사람들이 서로 "그래, 오늘은 성탄절이니까"라고 말하면서 평소에는 하지 않는 일을 하는 것이 왜 즐거운가? 1월 15일(내 생일)에 캐럴을 혼자 부르는 것과 12월 25일에 세상과 함께 캐럴을 부르는 것은 어째서 크게 다른가? 왜 사람들이 부글거리는 거리에서 간신히 내가 아끼는 사람을 놓치지 않는 것이 행복한 기억이 되는가? 다른 사람들과 특수한 순간을 공유하는 것 자체가 기쁨이 될 수도 있다는 것을 이제 알 것 같다.

내년에는 부디 지긋지긋한 캐럴을 끊임없이 연주하는 가게들 사이를 거닐고 싶다. 달걀술도 마시고 방탕하고 불편하고 거추장스러운 꿈결 같은 성탄절의 하루를 보내고 싶다. 그날 나는 진짜 추억을 만들 것이다. 지금 당장은 그럴 수 없어서 오늘 점심에는 맥주나 마시기로 한다. 꿈결 같은 현실의 하루를 보내는 대신, 가볍게 내 정신을 괴롭히면서 나는 온라인 게임의 가상 세계에 빠져 있기로 한다.

엄
지
혜

책을 소개하고 글을 쓰는 일로 밥벌이를 하
는 직장인.
에세이 《태도의 말들》을 썼다.

외로우니까 점심이다

직장 생활 대략 15년 차. 점심은 이제 내게 중요하면서, 또 조금도 중요하지 않은 시간이 됐다. 스스로 혼밥을 즐기기도 하고, 혼자 먹기 싫어서 좋아할지 싫어할지 잘 모르겠는 후배들에게 밥을 먹으러 가자고 청하기도 한다. 평일에 주로 내가 있는 공간은 서울시 영등포구 은행로. 회사 빌딩 지하 1층에 구내식당이 있지만, 맛있는 음식을 포기할 수 없는 나는 정식 점심시간(12시)보다 더 빠르게 사무실을 나서 맛집에 줄을 서곤 한다. 반드시 맛있는 걸 먹어야 하는 것은 아니나, "맛없는 음식은 웬만하면 먹지 않는다"가 나의 식습관 시 주의사항이다.

11시 40분, 조용히 후배 두 명과 사무실 밖으로 탈출했다. 회사 인근 빌딩 지하에 있는 즉석떡볶이집으로 갔는데, 놀랍게도 이미 만석이다. 도대체 이 사람들은 점심을 먹으러 몇 시에 나온 걸까? 11시 20분? 30분? 점심을 먹기 위해 출근하는 사람들인가? 약 20분을 기다려 떡볶이집에 들어가면서 '나는 무엇을 위해 식당 복도에서 소중한 20분을 허비하며 서 있어야 했는지' 급속도로 후회했다. 떡볶이 맛은 꽤 괜찮았다. 콩나물도 신선했고 사이드 메뉴로 시킨 김말이도 손수 튀긴 것 같았다. 볶음밥을 추가할까 고민했으나 후배가 배부르다며 거절해서 시키지 않았다. 즉석떡볶이를 먹으면서 볶음밥을 시키지 않은 건 내 인생 최초였다.

  　떡볶이를 먹고 나니 점심시간이 20분 남았다. 식후 커피는 기본이지만, 오전에 이미 커피를 한 잔 마신 터라 그다지 당기지 않았다. 누군가 "커피 마셔요"라고 청했다면 물론 마셨을 터이지만 갑자기 혼자 있고 싶어졌다. 사무실로 올라오니 식곤증이 느껴져 책상 위에 엎드렸다. 가끔 10분씩 자고 나면 오후 컨디션이 활기차다. 회사에 예약제로 사용할 수 있는 안마기가 있다면 얼마나 좋을까? 상상해보았으나 실현 불가능한 일이다.

참으로 이상하다. 점심시간에는 쪽잠을 자도 1시를 넘어 깬 적이 없다. 12시 58분, 내지 59분에 눈이 딱 떠지는 나는 천생 직장인인가. 물론 15년 동안 1시를 넘겨 깬 적이 딱 두 번 있지만 2분 또는 3분이 초과됐을 뿐이었다. 직장 생활을 하는 동안 30분 이상 지각한 적도 세 번이나 될까, 시간 약속에 강박증이 있는 나는 지각을 끔찍이 경계한다.

지금은 12시 55분. '점심시간에 써야 하는 산문'이라는 미션 앞에서 내게 남은 시간은 단 5분. 이 시간 안에 글을 마치지 못할 테니, 이 글의 완성은 내일의 점심시간일까? 아니면 모레? 또는 다음 주 월요일? 결국 화요일이 되었다.

문득 시계를 자주 안 봐도 되는 인생을 살고 싶다는 생각이 든다. 정해진 시간에 출근하고 주어진 시간에 점심을 먹고 퇴근하는 일상. 이 평범한 루틴을 포기하고 오전 11시쯤 일어나 12시쯤 조식 같은 점심을 먹고, 하루 두

끼만 먹는 삶을 살아보면 어떨까. 그 안에서 또 다른 루틴이 생기겠지만, 아침 같은 점심을 마주해봐도 좋겠다.

"퇴근이 좋아서 출근한다"는 어느 작가의 글을 읽은 적이 있다. 나는 반대다. 출근이 더 좋다. 새벽 6시에 일어나 6시 40분에 집을 나서서 7시 45분에 회사에 도착하는 것이 나의 평일 일상. 지옥철을 타야 하는 퇴근보다 상대적으로 사람을 적게 마주할 수 있는 출근길의 지하철이 좋다. 사무실에 1등으로 도착해 아무도 없을 때의 고요함은 나에게 평안함을 준다. 고작 10분여의 시간일지라도.

"외로우니까 점심이다"라는 제목을 먼저 쓰고 시작한 글이었다. 평일의 점심은 어쩐지 쓸쓸하다. 아무리 맛있는 메뉴를 선택해도 속도를 내서 먹어야 한다. 속을 터놓고 회사 이야기를 할 수 있는 동료는 없어진 지 오래. 내가 좋아하고 신뢰했던 이들은 모두 떠났다. 가끔 찾아와주는 전 동료, 기꺼이 속내를 드러내도 두렵지 않은 몇몇의 사람, 일로 만났지만 친구가 된 선후배들을 만나지 않는 한, 나의 점심은 여전히 외로울 전망이다.

꽈배기 같은 점심

주말 정오다. 맞은편에는 아들이 휴대폰으로 그림을 그리고 있고 남편은 거실에서 오수를 즐기고 있다. 밀린 빨래를 하고 로봇청소기 배터리도 가득 채우고 노트북을 열었다. 두 번째 책의 마감이 코앞으로 다가왔는데, 머릿속에는 '오늘 점심 뭐 먹지?' 고민뿐이다. 코로나바이러스로 인해 외식이 불가능해졌다. 주말 이틀 동안 집에서 세끼를 해 먹다 보면, '먹기 위해 사는 것일까' 하는 철학적인 질문을 되뇌게 된다.

점심은 나른하다. 하루 중 햇볕이 가장 강하게 내리쬔다. 선크림을 잘 펴 바른다고 해도 생얼이 가장 적나라

하게 드러난다. 아침은 시작이니까, 밤은 끝이니까. 그런데 점심은 어중간하다. 뭘 시작하기도 망설여지고 끝내기도 아쉽다. 나에게 점심이란? 어정쩡하게 보내는 한때, 시간이 가장 빠르게 지나가는 순간이다.

하루 중 해가 가장 높이 떠 있는 '점심'인데, 내 마음은 높이 뜨지 못했다. 집 안에 콕 박힌 탓일까, 가장 굼뜬 두뇌 회전을 온몸으로 체감하고 있다. 잠에서 깬 남편은 배가 고픈 모양이다. 냉장고를 한번 열더니 "먹을 거 없어?"라고 묻는다. "엄마, 점심 뭐 먹어?" 한창 성장기인 아들까지 합세했다. 겨우겨우 한 단락을 마무리하던 찰나였는데 결국 주방으로 간다. 멜론 먹을까? 망고는 어때? 핫도그 데워 먹을까? 배가 많이 고프진 않지? 나의 착각이었다. 후다닥 밥을 할까 고민하다가 남편을 설득한다. "집 근처에 꽈배기 체인점 생겼더라. 꽈배기로 점심 먹자. 아들이랑 좀 나갔다 와. 바람도 좀 쏘이고." 평소라면 설득에 설득을 거듭해야 하지만, 잠 덕분에 컨디션을 회복한 남편이 웬일로 선뜻 집을 나섰다.

셋이서 꽈배기 세 개, 핫도그 세 개로 점심을 해결했

다. 이번에는 내가 아들을 맡을 차례. 아이패드와 캠핑 의자를 들고 놀이터로 향한다. 마스크를 쓰고 자전거를 타는 아들과 의자에 앉아 멍때리는 나. 옆 동에 사는 아들의 동갑내기 여자 친구가 말을 건다. 굉장히 야무진 아이다.

"아줌마, 뭐 하세요?"
"응. 글 써."
"글요? 무슨 글요? 숙제예요?"
"아. 숙제는 아니고, 점심에 관한 글?"

황당하다는 표정을 짓고는 더 이상 질문을 하지 않고 아들 곁으로 가는 친구. 아들과 친구는 킥보드를 타기 시작한다. 세 줄 쓰고 아들을 보고, 두 줄 쓰고 멍때리다가 내 눈에 들어온 건 담배를 태우는 중년 남자. 아이들과는 거리가 조금 떨어져 있었지만 벌건 대낮 아파트 놀이터에서 웬 담배인가? 어느 타이밍에 일어나서 항의를 해야 하나? 1분간 고민하다 캠핑 의자에서 발을 뗐다.

"아저씨, 지금 놀이터에서 담배 태우시는 거예요?"

매우 태연스러운 표정으로 나를 노려보는 아저씨.

"여기 아이들이 노는 놀이터잖아요!"

이때 멀찍이 떨어져 있던 여자가 오더니 남자에게 "얼른 담배 꺼"라고 말한다. 나는 아직까지 남자에게 사과를 받지 못한 상태. 뇌가 폭발할 지경에 이르러 한마디를 더 한다.

"진짜 어이가 없네요. 아이들이 노는 놀이터에서 담배를 태우는 사람이 어디에 있어요?"

여자에게 끌려가던 남자는 나를 보더니 구시렁댄다.

"1절만 하세요. 1절만!"

말.잇.못. 1절이라니, 1절이라니! 남편에게도 안 듣는 훈수를 거리의 범법자에게 듣다니. 올해 최고로 어처구니가 없는 사건이 이 한낮에 벌어졌구나. 때마침 명랑한 표정으로 킥보드를 타고 나를 향해 오는 아들과 여자친구. 이 꼴을 아이들이 안 봤으니 다행이다 싶었지만 더이상 놀이터에 있고 싶지 않았다. 내가 30대 건장한 남성이었어도 "1절만 하세요"라고 말했을까? 내가 60대 남성이었다면 내 앞에서 바로 담배를 껐을까? 과연? 집에 있는 남편에게 전화를 걸어 "교대하자"고 말했다. 꽈배기에겐 미안하지만 꽈배기 같은 점심이었다.

한낮, 그리고 수신확인

　대학 4학년 때인가 열람실에서 발견한 책이었다. 졸업시험을 막 앞두고 도서관에 갔는데 눈에 꽂혔다. 《한낮의 우울》. 앤드루 솔로몬 저. '한낮'이라는 단어는 참 예쁜데 왜 우울과 엮었을까. '낮에도 우울하면 도대체 얼마나 우울하다는 거야' 하고 구시렁대면서 베스트셀러만 비치한 열람실에서 두어 장을 읽다가 졸았다. 분량이 꽤 있는 책이라 도저히 가지고 다니면서 읽을 자신은 없고, 또 대여해서 집에 가져간들 읽을 것 같지가 않았다. 하지만 부제에 끌렸다. "내면의 어두운 그림자, 우울에 관한 모든 것." 당시 나는 전공이 아닌 심리학과 수업을 하나 듣고 있었는데, 대학 인생 최초의 C를 받아서 한창 우울했던 때였다. 지금 생각해보면 참으로 작은 '우울'이었지만, 취업 공부를 전혀 안 했던 터라 학점이라도 잘 챙기고 싶었다. 《한낮의 우울》은 미국에서 2001년에 출간됐는데, 1년 만에 25만 권이 팔리고 22개 언어로 번역됐다고 매우 자랑스럽게 책날개에 쓰여 있었다.

그리고 10년을 훌쩍 넘은 2016년 봄, 젊은작가상 대상 수상작인 김금희 작가의 소설 〈너무 한낮의 연애〉를 읽었다. 이 작품을 표제작으로 한 소설집은 역시 베스트셀러가 됐고, 나는 '한낮은 베스트셀러를 불러오는 단어인가?'라는 매우 단순한 고민을 하기에 이르렀다. 이게 다 한갓진 한낮이라서 든 짧은 생각이다.

나는 아무래도 한낮(낮의 한가운데. 곧, 낮 12시를 전후한 때)보다는 대낮(환히 밝은 낮)이 좋다. 대놓고 "나 낮이거든?" 말해주는 것 같아서. 그래도 단어는 '한낮'이 예쁘다. 그러니까 책 제목에 자주 등장하는 것이다. "우리 주말 한낮에 만나요"와 "우리 주말 대낮에 만나요"는 얼마나 어감이 다른가? 데이트 약속을 잡는다면 무조건 '한낮'을 추천한다. 갑자기 '대낮'에게 미안한 마음이 들

지만, '벌건 대낮'이라는 표현은 또 어떤가. 괜스레 불콰
한 느낌이다. 벌거벗은 것 같기도 하고.

　왜 나는 지금 말장난을 하고 있나? 말장난이라니요!
언어 장난인데요, 라고 말을 보태고 싶지만 너무 많은 메
일을 쓴 나머지 진이 빠졌다. 개편되는 잡지의 새 필자를
섭외하기 위해 출근 후 다섯 통의 청탁 메일을 썼는데,
평소보다 더 친절한 멘트를 써내느라 '한낮의 우울'을 만
끽하고 있다. 요즘은 점심시간에도 일하는 경우가 잦
다. 코로나바이러스 덕분에 점심 선약도 많이 줄었고,
밤 10시쯤 취침을 하는 덕에 졸리지도 않다. 점심시간을
이용해 회사 앞 요가원에서 운동이나 할까 싶어 상담을
받았지만 아쉽게도 인테리어가 마음에 들지 않았다. 그
렇다. 나는 장비가 중요한 사람, 쾌적한 환경이 몹시도
중요한 사람이다.

　띵동! 내 청탁 메일을 읽었다는 수신확인 메시지가
왔다. 회사 메일은 수신확인이 되지 않아, 중요한 메일은
개인 메일로 보내곤 하는데, 1분 만에 아니 10초 만에 내
메일을 확인해주는 필자들을 만나면, 엄청 기쁘다. 초고

속 스피드와 프로 정신! 존경한다. 한낮의 우울이 달아나는 순간이다.

서둘러 메일함을 연다. 빠르게 회신이 온 만큼, 재빨리 수신하는 게 예의 아닌가? 한 통은 수락, 다른 한 통은 거절이다. "곧 영화 작업에 들어가야 해서 마감이 있는 글을 쓰기가 어려울 것 같아요. 아쉽지만 다른 기회로 찾아뵙길 바랄게요. 잡지는 잘 보고 있습니다. 멀리서 응원하고 있을게요." 따뜻하고 정확한 회신을 읽고 나니 마치 승낙 메일을 받은 것 같은 착각이 들지만, 또 다른 필자를 찾아야 한다. 이제 책을 낸 저자에만 머물러선 안 된다. 트위터, 페이스북, 인스타그램에서 자주 화제가 되는 필자들로 후보군을 확대한다. 우선 필자들을 팔로잉하고 게시글을 훑는다. 어랏? 이 책장 예쁘네? 브랜드가 뭐지? 어머나, 이 신간 못 봤던 거네? 검색이나 해볼까? 헉, 이 영롱한 연어 초밥은 또 어느 맛집인가? 글은 안 읽고 이미지에만 홀려 검색을 하다 보니 점심시간 종료 10분 전이다. 갑자기 허기가 진다. 오전에 먹은 샌드위치는 벌써 소화가 된 지 오래. 나의 위는 새로운 음식물을 원하고 있다. 이때 내 눈을 사로잡은 신간이 하나 있었으니 《힘들 때 먹는 자가 일류》. "먹는 순간 빠짐없이 행복하면 초일류"라는 저자의 서명이 담긴 사인본. 나는 남은 10분이라는 시간을 먹는 데 사용할 것인가, 책을 읽을 것인가? 일류가 되려면 먹어야 하지 않겠는가? 얼른 책장을 덮고 회사 1층 커피숍으로 향했다. '그래, 난 초일류가 될 거야'라고 다짐하면서.

차마 점심을 먹지 못한 날

아직도 잊지 못한다. 한 시인이 칼럼 연재를 수락하면서 쓴 메일의 한 문장. "마감에 엄격하시다고 들었습니다." 어떤 소문을 들은 걸까? 하지만 팩트였다. 나는 아무리 유명한 필자, 경력이 많은 필자에게도 깐깐하게 구는 담당자였다. 잡지가 제날짜에 나오려면 마감을 지켜야 하는 건 당연한 일. 매번 지각하는 필자들에게만큼은 나는 몹시 냉랭한 사람이었다. 하지만 매월 말, 한 편씩 써야 하는 이 '점심 산문'의 마감 날짜를 벌써 두 번이나 어겼다. 일주일 내내 이 마감을 생각하느라고 식은땀을 흘렸으며, '혹시 나만 지각하고 있는 건 아닐까?' '편집자님은 얼마나 내게 실망하고 있을까?' '원고가 좋으면 그냥저냥 넘어가주실 텐데, 그것도 아니면 나는 어떻게 하나?' 오랫동안 망설이다가 용기를 내서 문자를 보냈다. "원고 마감을 못 했어요.ㅠㅠ 이번 주말까지는 꼭 원고 보낼게요. 어겨서 죄송합니다." 말하고 나니 그래도 후련했다. 죽이 되든 밥이 되든 이번에는 반드시 마감을 해야 하니까.

원고 마감을 주제로 이 글을 시작한 건 어제 받은 메일 세 통 때문이었다. 매월 같은 날 원고를 주기로 했는데, 세 명의 필자가 이틀이나 먼저 원고를 보내왔다. 하루 전도 아닌 이틀 전. 마감 하루 전날 리마인드 메일을 보내려고 했는데, 그럴 필요가 없게 됐다. 원고를 읽어보니 재밌다. 확실히 헐레벌떡 쓴 원고가 아니었다. 퇴고를 하고 또 한 느낌. 여러 번 고쳐 쓴 문장들이 읽혔다. 얼굴이 후끈 달아올랐다. 마감 엄수를 그토록 강조했지만 지키지 못한 나와 한 달 내내 생각한 이야깃거리를 부지런히 담아낸 작가들. '나는 마감 고수가 되려면 한참 멀었구나', 처연하게 홀로 자책했다.

마감을 지키지 못한 이유는 무수하다. 나의 30대 인

생 역사상 가장 할 일이 많은 11월이었다. 이사 준비로 인한 각종 은행 업무, 재택근무 병행, 인테리어 컨펌, 인터뷰, 강의 등 중요한 업무가 한꺼번에 몰렸다. 평일 점심시간은 나의 민원을 처리하느라 60분을 쪼개 사용했다. 더욱이 코로나바이러스로 인해 외출이 어려우니 뇌가 정지된 느낌이었다. 사람들과의 오프라인 만남이 전무하니 새로운 에피소드도 없었다. 점심도 웬만하면 테이크아웃. 김밥 아니면 빵, 샐러드, 샌드위치로 때우다 보니 정서적 기력도 쇠약해진 듯했다.

이럴 순 없었다. 원기 회복에는 '맛집'이다. 소울 푸드를 먹기로 한다. 올라 파스타, 마마스 샌드위치, 구이구이 삼치구이 등을 후보로 두고 컨디션을 파악했다. 아무리 파스타를 좋아해도 올라에 가서 혼밥을 하는 건 좀 아니지 않나? 마마스 샌드위치는 대기 시간이 꽤 긴데? 옆자리 후배에게 생선구이를 먹으러 가자고 해봐? 이 코로나 시국에?! 큰 결정은 후다닥 잘하면서 사소한 결정일수록 신중해지는 나란 사람. 메뉴를 고민할 시간에 식당으로 향하는 게 낫지 않을까?

시계를 봤다. 점심시간 끝나기 30분 전. 회사는 코로나로 인해 당분간 점심시간을 유연하게 사용해도 된다는 지침을 보내왔지만, 그래도 12시 30분에 파스타를 먹으러 횡단보도를 세 개나 건너간다는 건, 오버액션이 아닐까. 아니 파스타를 먹으면 글감이 생길지도 모르잖아?! 제목은 아마도 '혼 파스타도 나름 맛있습니다?!' 어차피 마스크를 쓰고 식당에 들어가야 하니, 내 얼굴이 공개되는 건 딱 10분? 파스타를 먹을 때뿐 아닌가? 그런데 누가 내 얼굴에 관심이나 있다고 이런 고민을 하는 거지? 아니, 올라에 갈 때마다 아는 사람을 만났잖아?! 혹시 또 그 선배를 만나면 뻘쭘하지 않겠어?

국회의사당역에서 올라 KBS점으로 가는 횡단보도 앞에서 망상에 사로잡혀 있을 때, 누군가 내 얼굴을 또렷이 쳐다봤다. 마스크를 쓴 얼굴인데도 기어이 알아채고 인사를 하는 상대는 누굴까? 전전 직장 후배였다. 근 6개월간 여의도에서 함께 점심을 먹었던 사이. 속독을 하듯 밥을 무척 빨리 먹던 후배가 나를 빤히 쳐다보며 물었다.

"어?! 선배! 어디 가세요?"

"어! 안녕! 나는 어…… 스타벅스."

"커피 사려고요? 저도 같이 가요."

"앗. 그, 그래."

혼 파스타의 계획은 결국 무산됐다. 오랜만에 만난 후배와 소싯적 이야기를 나누다 보니 30분이 훌쩍 지나 갔다. 아침에 사 온 아메리카노가 아직 남았는데, 또 한 잔의 아메리카노를 들고 회사로 복귀했다. 허탈했다. 평소 안 하던 일에서 글감을 채집해 오려고 했는데. 하기야 마감도 지키지 못한 사람이 무슨 자격이 있어 파스타를 먹을 수 있단 말인가. 올라의 고소한 마늘빵 냄새가 코끝을 지나갔다. 언젠가 반드시 혼 파스타를 먹어보겠다고 다짐하며, 점심시간을 떠나보냈다.

글감을 허락한 테이블

6인용 테이블을 샀다. 우리 식구는 3인. 그러나 오래 품고 있던 로망 중 하나가 책을 여러 권 올려놓아도 여백이 있는 테이블이었다. 이사를 오면서 가구들을 꽤 바꿨다. 1순위로 아들의 책상, 의자, 침대를 샀고 2순위는 아일랜드 식탁에 어울리는 바 체어, 그리고 마지막으로 고른 가구가 6인용 테이블이다. 신혼 때 구입한 4인용 대리석 식탁이 너무나 멀쩡했지만 물건을 쌓아놓기는 불편했다. 동네 맘카페 '드림중' 게시판에 식탁 사진을 올려놓자 금세 댓글이 달렸다. 용달차를 불러 우리 집 식탁과 책장을 가져간 동네 엄마는 다음 날 커피 기프티콘을 하나 보내줬다. 그렇게 9년을 쓴 식탁과 이별했다.

2주간 원목 식탁 검색에 몰입했다. 인스타그램에 자주 올라오는 가구 브랜드 홈페이지에 들락날락했다. 인테리어 전문가인 친구에게 SOS를 쳤다. 링크를 몇 개 보내줬는데 모두 나의 예산을 초과했다. 관리하기 어렵더라도 무조건 원목이어야 했다. 의자 두 개, 벤치 한 개를 포함해 150만 원은 넘지 않길 바랐다. 원형은 싫었다. 무조건 사각, 다리도 튼튼해야 했다. 따져야 할 것이 왜 이렇게 많은지, 아들의 초등학교에서 도보 7분 거리, 자전거를 탈 수 있는 평지 아파트, 고층 빌딩이 없는 동네를 목표로 이사를 왔거늘. 고작 테이블 하나를 사는 데 14일을 쏟다니. 큰 결정은 빠르게, 작은 결정은 뜸을 들이는 내 성격은 역시 변하지 않았다.

"이제 좀 결정하지?" 어떤 물건이든 빠르게 사는 남편이 한숨을 쉬며 말했다. "그럴까?" 결국 맨 처음 눈에 들어왔던 티크 원목 6인 벤치 세트로 정했다. 주문 제작이라 배송을 받으려면 최소 5주를 기다려야 했다. 이사 후 3주간 우리는 좌식 생활을 했고 어제 드디어 테이블이 배송됐다. 지금 이 글을 쓰고 있는 장소가 바로 6인용 테이블의 맨 왼쪽 자리다. 테이블에는 남편의 노트북, 나의 노트북, 장혜영 국회의원의 2020 의정보고서 《차분하고 급진적인》, 《어린이 스도쿠》, 그림책 《난 그냥 나야》 등이 질서 없이 놓여 있다. BGM은 아들과 남편이 레고 블록을 뒤지는 소리. 주말 기준, 하루 여섯 시간 레고를 쌓는 아들은 세상에서 '집 만들기' 놀이를 가장 좋아한다.

노트북을 사면 제대로 글을 쓸 거야! 우선 이사를 가야지 집중할 수 있을 것 같아! 음. 아무래도 서재를 꾸며야 가능할 것 같아! 내 책상 배송이 언제라고 했지?……이 글은 점심에만 써야 하는 거잖아! 이제 막 점심시간이 지나가니까 노트북 닫아야 하는 거 아냐?…… 내가 이토록 핑계가 많은 사람이라는 걸 서른아홉 해를 살면서 처음 깨달았다. 아이가 옆에서 시끄럽게 노는 와중에도 글감이 떠오르면 무조건 글을 쓴다고 말했던 또래 여성 소설가의 이야기가 떠올랐다. "나는 왜 못 하는 것인가? 아니 안 하고 있는 것인가?" 우리 집에 온 지 이틀 된 테이블에게 물었다. 물론 대답은 듣지 못했다.

이사를 하기 전, 집에 관한 책을 집필한 저자들을 연이어 인터뷰했다. 3층짜리 협소주택을 지은 사람, 오래

된 빌라를 아빠와 함께 리모델링한 사람, 한옥을 리모델링하면서 집에 이름을 붙여준 사람. 자신이 좋아하는 공간을 꾸린 데서 얻은 만족감이 그들에게서 느껴졌다. 그리고 세 사람의 공통점이 있었다. 새로운 공간에서 글을 집중해서 썼고 빠르게 원고를 마감했다. 그 기운이 나에게도 전달됐기를 부디 바란다.

별도로 구매한 원목 의자 두 개에는 소음을 줄여주는 의자 양말을 신겼다. 회색 스트라이프 무늬인데 의자랑 잘 어울려서 다행이다. 원목은 햇빛을 받으면 안 되는데 아직 거실 커튼이 배송되지 않았다. 커튼은 2주를 더 기다려야 한다. 거실 인테리어의 완성은 과연 언제쯤인가? 아, 저 오래된 에어컨이 눈에 거슬린다. 에어컨 커버도 판다고 하는데, '오늘의집' 앱에 접속해볼까? 아니다. 눈을 감자. 노트북 옆에 투명 칸막이가 있다고 생각하자. 뇌에도 마스크를 씌우자. 아니다. 뇌를 감추면 글도 못 쓰는 거 아냐? 눈을 감아야 해.

레고 블록의 소음 데시벨이 높아지기 시작했다. 부실하게 먹은 점심 탓인가? 후식을 먹어야 한다는 아들과 남편. 아…… 냉장고에는 뭐가 있지? 갑자기 쫄면이 무지 먹고 싶다. 참고로 점심에는 떡튀순을 먹었다. 이런 문장은 도대체 왜 쓰게 되는지 스스로도 이해할 수 없다.

작년 가을, 《글쓰는 여자의 공간》 개정판이 나왔다. 출판편집자로 일했던 독일의 작가 타니아 슐리가 열악한 장소에서 글을 써야 했던 여성 작가 35인의 이야기를 기록한 책이다. 책에 등장하는 작가 대부분은 이른 새벽, 부엌 식탁에서 글을 써야만 했다. 언젠가 기회가 된다면, 이 책의 한국 여성 작가 버전을 쓰면 어떨까? 생각했다.

6인용 테이블을 거실 중앙에 놓은 건, 밥을 먹는 식탁과 완전히 분리하고 싶었기 때문이다. 밥을 먹는 테이블 위에 노트북을 놓고 싶지 않았다. 혼자 쓰는 가구는 아니지만 책, 글, 공부와 관련된 소품만 올려놓고 싶었다. 이 문장을 쓰는 순간에도 옆에서 아들이 조잘거린다. 양말을 벗겠다고, 후식은 언제 먹냐고, 블록을 못 찾겠다고……. 그래도 오늘은 굳세게 마지막 문장을 쓰고 자리에서 일어나겠다고 다짐한다. 아무래도 6인용 테이블 덕분이다.

이
세
라

2019년까지 KBS에서 기상캐스터로 근무했
다. 2020년에는 첫 책《미술관에서는 언제
나 맨얼굴이 된다》를 출간했고, 하나로 좁혀
지지 않는 일들을 하며 살아가고 있다.

인스타그램 @seraweather

특기는 오래 매달리기

　내가 한창 취업 준비를 하면서 이력서를 쓰던 당시
엔 입사지원서에 취미와 특기를 적는 칸이 꼭 있었다. 가
족관계와 부모의 직업, 학력 등을 기재하는 부분에서는
'교양 없이 이런 걸 묻다니' 분노하면서도 먹고살겠다고
칸을 채우고 있는 내 신세가 안쓰러워 풀이 죽곤 했는데,
취미와 특기 앞에서는 그야말로 난감함 그 자체였다. 취
미까지는 어떻게 얼버무려보겠는데 문제는 특기였다.
아무리 나 자신을 이리저리 뜯어보고 '나는 잘났다, 잘났
다' 최면을 걸며 특기가 될 만한 걸 찾아봐도 쉽지 않았
다. 입사지원서의 다른 칸들이 모두 채워지는 동안 특기
란은 마지막까지 비어 있곤 했다.

특기, 사전의 정의에 따르면 '남이 가지지 못한 특별한 기술이나 기능'이란다. 흐음…… 난 사실 그런 게 없다. 이제는 제2의 모국어라는 영어를 잘하나, 능숙하게 다루는 악기가 하나 있길 하나. 도무지 내세울 게 하나도 없다. 면접장에서는 확인 불가능한 특기, 이를테면 요리 같은 걸 적을 수도 있었겠지만 그러기엔 내가 필요 이상으로 정직하다. 요리를 썼다가 하필 면접관 중에 조리사 자격증 소지자가 있어서 레시피라도 물어보면 어떡해?

그래도 빈칸을 남겨둔 채로 이력서를 제출할 순 없으니 겸허히 나 자신을 돌아본 뒤 특기란에 뭘 적긴 적었다. 오래 매달리기.

학창 시절 체력장을 하면 다른 종목은 모두 꼴찌이거나, 꼴찌나 다름없는 기록을 받곤 했지만 오래 매달리기만큼은 월등히 1등이었다. 반 1등이 아닌 전교 1등. 몸 쓰는 일에서는 누구에게도 뒤지지 않을 만큼 무능했는데 오래 매달리기만은 늘 압도적이었다. 나 체대 가야 하는 거 아닌가 하고 헷갈릴 만큼.

친구들은 내가 체구가 작고 가벼워서 오래 매달리기를 잘하는 거라고 했지만 내 생각은 좀 다르다. 여러 종목 중에 그게 그나마 좀 더 나으니까, 내가 유일하게 점수를 받을 수 있는 건 이거라는 걸 아니까 악착같이 버틸 수 있었던 거다.

그러고 보니 나는 오래달리기도 조금 하는 편이다. 잘한다는 건 아니고 뭐랄까, 그 종목을 대하는 나만의 자세와 노하우 같은 게 있었다. 체력장 한두 번 해본 것도 아니고, 어차피 달리기를 심각하게 못한다는 걸 경험상 알고 있으니까, 절대 잘하려 하지 않았다. 처음 한 바퀴만 좀 가볍게 뛰고 두 바퀴부터는 거의 걸었다. 나에게 오래달리기의 목표는 완주이지, 좋은 기록이 아니었다.

처음에는 앞에서 달리는 친구들 등만 보며 걸었지만, 서너 바퀴째가 되면 함께 걷는 친구들이 점점 많아졌다. 친구들과 중간중간 담소를 나누며 함께 걷는 것도 오래달리기의 재미 중 하나였다. 물론 그 친구들마저 완주하면 나는 마지막 한두 바퀴를 혼자 걸어야 했지만 상관없었다. 그냥 걸으면 됐고, 걷다 보면 끝이 보였다.

반대로 짧은 거리를 최대한 빠른 시간 안에 뛰어 기록을 내야 하는 단거리 달리기는 내게 최악의 종목이다. 나는 단거리 달리기에서는 어떤 노하우도 없었고 일말의 즐거움도 찾지 못했다. 대체 왜, 무엇을 위해 숨이 턱까지 차고 심장이 터질 것 같은 괴로움을 느끼며 뛰어야 한단 말인가. 세상에서 가장 무의미한 게 그 일 같아서, 나는 시작하기도 전에 전의를 상실하곤 했다.

한번은 중학교 체육 시간에 100미터를 뛰었는데 기록을 재던 선생님이 성큼성큼 다가와 내 뺨을 제대로 한 대 갈겼다. 내 인생 최초이자 (아직까지는) 최후의 따귀였다. 선생님은 100미터 달리기에서 30초를 넘기는 게 가능하냐면서 "장난하지 말고" 다시 뛰라고 했다. 억울했다. 맹세코 장난이 아니었다. 최선을 다했냐고 물으면 그렇다고 자신 있게 대답할 순 없지만 그래도 할 말은 있다. 왜 별로 잘하고 싶지 않은 일에도 죽을힘을 다해야 하나? 모두가 달리기를 좋아하지도, 잘하지도 않고 그럴 필요도 없음을 그 나이까지 이해하지 못한 선생님의 둔감하고 꽉 막힌 사고가 싫었다. 지금도 싫다.

내가 오래 걷기에도 소질이 있다는 걸 안 건 산티아고 순롓길을 걸을 때였다. 당시 스물셋이었던 나는 1년을 휴학하고 모은 돈으로 유럽 여행을 하고 있었다. 6개월 동안 이어진 여정의 마지막 코스였던 순롓길은 프랑스와 스페인의 국경도시인 생장피에드포르에서 출발해 스페인 지도에서 서쪽 끄트머리에 있는 산티아고까지 총 800킬로미터를 걷는 여정이었다.

철저한 사전조사와는 철저하게 거리가 먼 나는 순렛길이 엄청난 체력을 필요로 한다는 걸 미처 알지 못했다. 사실 알았어도 특별한 준비를 하지 않았을 것 같긴 한데, 어쨌든 순렛길은 내가 생각했던 것보다 훨씬 험난했고 만만치 않았다. 어떤 사람들은 출발 전부터 운동도 하고 체력을 기른 뒤 만반의 준비를 하고 온다는 걸, 가서야 알았다. 무거운 배낭을 멘 채 험준한 산악지대를 넘어야 하고 날씨도 변덕이 심해서 봄에도 폭우와 우박, 때아닌 더위가 번갈아 오기 때문에 우비나 등산화가 필수라는 것도, 가서 들었다.

그래도 별수 없었다. 여기까지 와서 등산화와 무릎 보호대가 없다고 돌아갈 수는 없는 노릇이다. 런던에서 산 5만 원이 조금 넘는 러닝화를 신고 첫날부터 곧 죽을 사람처럼 헉헉대며 피레네산맥을 넘었다. 과장이 아니라 그땐 정말 당장이라도 이곳에 묻히겠구나 싶었다. 그런 내 모습이 얼마나 허술해 보였는지 같은 날 출발한 이탈리아인들은 내가 일주일 만에 포기하고 돌아간다 아니다로 내기까지 했단다.

그러나 나는 의지의 한국인이자 우리 엄마 딸이었다. 그 흔한 물집 한번 잡히지 않고, 파스 한 장 붙이지 않고, 어떤 부상도 없이 순롓길을 완주했다. 어떻게 그게 가능했냐면…… 역시 별것 없다. 오래달리기의 기술을 오래 걷기에도 적용했을 뿐이다. 절대 잘하려고 욕심내지 않고 남들보다 빨리 가려고도 하지 않았다. 그냥 걸었다. 설렁설렁.

돌이켜보면 애초에 완주를 목표로 하지 않았던 게 완주할 수 있었던 이유 같기도 하다. 걷는 게 너무 힘들어 욕을 할 기운조차 없다가도 이따금 눈을 들어보면 믿기지 않을 만큼 아름다운 풍경이 펼쳐져 있었다. 완주보다 더 중요한 건 그날그날의 바람과 햇살과 풍경을 충분히 느끼는 거라는 생각이 들었다. 종종 퍼붓는 세찬 비까지도.

오래 매달리기, 오래달리기, 오래 걷기…… 쓰고 보니 나는 별다른 기술을 필요로 하지 않는 것들, 버티면 되는 것들을 주로 잘하는 것 같다. 이렇게 폼 나지 않는 특기라니 어디 가서 굳이 얘기하진 말아야지 싶으면서도, 어쩌면 인생을 사는 내내 유용할 것 같다는 생각도 든다.

요즘은 버티는 게 능사는 아니라는 말을 많이 듣는다. 확실히, 맞는 말이다. 아닌 걸 알면서도 꾸역꾸역 참아야 했던 일, 사람, 관계 속에 우리는 스스로를 얼마나 오랫동안 방치해왔는지. 무조건 참거나 버티는 건 내 삶에 대한 유기나 다름없기에, 언젠가부터 나도 나에게 자주 묻는다. 지금 혹시, 무리하고 있지는 않아? 그러다가도 슬그머니 질문을 바꾸게 된다. 그런데 버티는 시간 없이 삶의, 어떤 사안의 진실에 가닿을 수 있을까?

타인의 어깨너머로 살짝 구경만 하고 온 것 말고, 스스로 '이만하면 됐다'는 판단이 내려질 때까지 버텨보고 싶을 때가 있다. 끝의 끝까지 닿고서야 돌아 나왔다는 느낌. 사실 그건 길을 '돌아' 나온 것이 아니라 '뚫고' 나온 쪽에 가깝고, 그 느낌을 감각했을 때에만 나는 미련 없이 이별할 수 있었던 것 같다. 그게 사람이든, 일이든. 특히 어디를 향해 걸어야 할지 목적지를 상실한 것 같은 느낌이 들 때는, 그냥 잠시 이대로 버텨보는 것도 방편이 될 수 있지 않을까? 완전히 쓰러지느니 간당간당하게라도 버티다 보면 가야 할 곳이 보이는 순간이 찾아올지도. 나는 그 시간을 기다리고 있다.

그런 결혼은 없다

첫 책을 내고 나서 생각보다 많은 분들에게 연락을 받았다. 그중에는 지인들의 안부 인사를 겸한 연락도 있었지만 절반 이상은 전혀 모르는 분들이었다. 신기하고 얼떨떨했다. 지금까지 존재조차 몰랐던 누군가와 오직 내가 쓴 글을 통해 이어진다는 것이. '재밌게 읽었다'는 말은 가장 반색하게 되는 평이었는데 실은 내가 내 책에 기대하는 것이 그 정도이기 때문이다. 아니, 사실 그게 전부다. 내가 누군가를 가르치거나 교훈 같은 걸 줄 수 있을 리 만무하고, 읽는 그 잠깐의 시간 동안 즐거웠다면 그걸로 나름의 역할은 한 것 같다(고 믿고 싶다).

그중 어떤 분들은 책을 읽고 용기를 얻었다, 위로를

받았다는 말을 하시기도 했다. 이런 얘기 앞에서는 감사함과 민망한 마음이 똑같은 무게로 밀려왔다. 사실 나의 첫 책은 내 인생이 가장 무너져 있을 때 스스로 용기를 내고 싶어서 쓴 글일 뿐, 누군가를 위로하고 용기를 주겠다는 거창한 포부나 일말의 선의는 조금도 없었기 때문이다. 글을 쓰는 동안만큼은 생각이 가지런해지는 것 같았고 어지러운 현실에도 질서가 부여되는 듯했다. 글로 쓰인 삶은 있는 그대로의 삶보다 내게 더 호의적이었고 무엇보다 개선의 여지가 있어 보였다. 그게 한낱 착시에 불과하다고 해도, 그런 기분을 느낄 수 있다는 게 더 중요했다.

물론 좋은 말만 들은 건 아니다. 무엇보다 나를 깊은 생각에 잠기게 했던 건 '이혼한 게 뭐 자랑이라고……'의 뉘앙스를 담은 감상평이었다. 블러 처리된 뒷말을 살려 내 하나의 문장으로 완성해보자면 '이혼한 게 뭐 자랑이라고 그걸 책에까지 써' 정도 되려나. 아마 싱크로율 98퍼센트에 육박하지 않을까 싶다.

사실 내 입에서 나올 수 있는 대답은 별게 없다. 고작해야 '저기 근데…… 전 좀 자랑이긴 해요……' 하겠지.

내가 살면서 제일 잘한 일이 있다면, 이혼이다. 조금의 망설임도 없이 답할 수 있다. 뒷일을 수습하는 건 생각보다 더 고통스럽고 긴 여정이었지만 그마저도 값진 경험이었다. 선택하고, 그 선택에 책임지며 사는 것이 인생이라는 진리를 몸소 체험했으니까.

　이혼은 내게 인생에서 중요한 몇 가지 사실들을 알게 했고 뜻밖의 선물을 주기도 했다. 받은 게 꽤 많아 정리를 좀 해보자면, 첫째로 나 자신의 발견이다. 나는 지난 시간 동안 스스로를 우유부단한 인간이라 알고 살았다. 귀가 얇은 탓에 선택을 해야 할 때마다 갈팡질팡, 심지어 결정 이후에도 자꾸만 뒤돌아보는 건 쉽게 고쳐지지 않는 버릇이었고 이런 나 자신이 늘 마뜩잖았다. 그런데 이혼을 결심하고 그것을 실행에 옮기는 과정에서 몰랐던 내 모습을 마주하게 됐다. 결정은 신속했고 주저함은 없었다. 번복의 가능성이 조금도 없는 상태에서 그토록 확신을 가지고 앞으로 나아갔던 적은 살면서 처음이었다. 나는 본능적으로 느꼈던 거다. 오직 이것만이 내 인생을 구할 길이라는 것을. 그때 알았다. 나는 애당초 잘못된 길을 가지 않는 현명한 인간은 아니지만 어디까

지나 나 자신으로 나답게 살고 싶다는, 삶에서 가장 중요하게 생각하는 가치 하나가 있어 그것을 지키기 위해서라면 많은 것을 감수할 준비가 되어 있었다. 바로 그게 내가 내 인생을 사랑하는 방식이었다. 나는 내 생각처럼 그렇게 우유부단하지도, 나약하지도 않았다. 예상치 못했던 시점에 나에 대해 몰랐던 사실 하나를 알게 된 기분이었고, 살면서 두고두고 이 발견의 순간을 기억하리라 다짐했다. 전에 없이 큰 용기와 결단이 필요한 순간은 앞으로도 몇 번 더 있을 테니 말이다.

　동시에 나는 이혼을 통해 결혼이 무엇인지를 비로소 진지하게 생각하게 됐다. 사실 이건 늦어도 한참 늦은 깨달음인데, 결혼이 대체 뭐고 삶에 어떤 영향을 미칠 것인지 면밀히 따져보는 건 결혼 전에 이미 선행됐어야 하는 과정이기 때문이다. 나는 이혼에 이르러서야 비로소 결혼의 면면을 숙고하기 시작했으니, 아무리 삶의 많은 깨달음이 대체로 사후에 온다고 해도 이건 좀 심하지 않나 싶다. 심한 게 한둘이 아니라 그냥 넘어간다만.
　내가 결혼에 대해 부러 외면하거나 완벽히 오해하고 있었던 항목은 차고 넘치지만 그중 대표적인 것 하나를 꼽자면, 은연중에 결혼을 독립의 또 다른 형태로 받아들였다는 거다. 결혼할 당시 나는 부모님과 함께 살고 있었다. 언니는 가정을 이뤄 다른 지역에 거주했고 부모님과 남동생, 그리고 나 이렇게 네 가족이 생활공동체였다. 우리 집은 구성원들끼리의 대화가 활발한 편이고, 부모님 역시 자식들의 생활 패턴을 바꾸려 하거나 통제하는 분들이 아니어서 나는 대체로 자유로운 분위기 속에서 성장해왔다. 그러나 부모님과의 관계가 아무리 탈권위적이라 해도, 그것과는 별개로 나는 나이가 들수록 점점 더 혼자만의 공간이 간절해졌고 가족들과 분리될 필요를 느꼈다.

여기까지는 별문제가 없는 이야기인데, 뒤부터가 다소 황당 전개다. 혼자만의 공간이 필요했다면 자취할 곳을 알아본다든지, 말 그대로 독립을 준비하면 될 것을 나는 뜬금없이 결혼으로 귀결된 거다(물론 결혼을 결심한 계기가 오직 이것만은 아니지만 독립에 대한 열망 역시 한 가지 이유였다). 하나 결혼은 결혼이고, 독립과 결혼이 절대로 같을 수 없다는 걸 아는 데는 그리 긴 시간이 필요하지 않았다.

대체 어떻게 결혼과 독립을 동일시할 수가 있나 놀

라는 분들도 계실 테지만, 생각보다 많은 결혼 적령기 성인들이 그런 착각을 한다. 이제 그만 부모님과 떨어져 나만의 공간을 갖고 싶다는 바람이 엉뚱하게 결혼으로 연결되는 것이다. 결혼은 나만이 아니라 우리의 공간을 갖는 일이고 혼자가 아니라 함께를 전제로 하기에 어떻게 생각해도 독립과는 무관한데 말이다. 혹은 부모님을 비롯한 다른 가족과 사이가 좋지 않아 하루라도 빨리 집을 벗어나고 싶어 한다거나, 커리어의 고민 등 여러 이유로 삶 자체가 정체돼 있다고 느낄 때 그 대안으로 결혼을 생각하는 것을 종종 보아왔다. 결혼이 삶의 새로운 활로나 전환점이 되어줄 거라는 막연한 기대를 가지는 거다. 결혼에 대해 품을 수 있는 흔한 환상 중 하나라고 생각한다.

이혼 직후에는 하루하루가 처음부터 다시 살아보는 나날의 연속 같았다. 그만큼 삶이 갑자기 낯설어진 거다. 다른 누구도 아닌 나의 삶인데 내가 바꿀 수 있는 건 아무것도 없어 보였다. 특히 회사를 그만두고 서른셋 한창 나이에 1년 가까이 제대로 된 일을 하지 못하자 나는 속수무책으로 정신이 망가지는 걸 느꼈다. 종종 크고 작은 행사를 진행하는 자리가 들어왔지만 어떤 곳에서는 먼저 섭외를 해놓고도 현역이 아니라는 이유로 행사비를 절반 이상 깎기도 했고, 터무니없이 적은 금액을 제시하며 일을 의뢰하기도 했다. 바로 얼마 전까지 대한민국 대표 공영 방송국의 간판 뉴스를 진행했다는 알량한 타이틀이 떠올라 자존심이 상했다. 앞을 향해 부지런히 나아가도 부족할 판에 나만 이렇게 멈춰 있다는 불안은 즉각 불면으로 이어졌고, 그 시절의 기억은 아직도 편하게 떠올려지지 않는다. 가족들이 모두 출근한 뒤 혼자 집을 지키다 문득 고개를 들면 적막한 거실로 햇살이 가득 쏟아지고 있었다. 안도 밖도 다 따스한데 나만 산송장 같았다. 매일 죽고 싶다고 생각하면서도, 결국 나는 다시 잘 살아보고 싶을 뿐이라는 걸 알고 있었다.

어느 날 담당의는 내가 이혼에 대한 아픔보다 일을 하지 못하는 고통이 더 큰 사람 같다고 말했다. 어떤 사람에게는 '지금은 잠시 쉬어가라'는 말이 먹히고 또 필요하지만, 나에게는 그런 처방이 전혀 소용없고 다만 해결책은 딱 하나라는 거다. 다시 만족할 만한 수준으로 일을 하는 것. 나라는 사람에게는 일의 가치가 삶에서 그 무엇보다 선행한다는 걸 다시 한번 깨닫는 순간이었다. 그때나 지금이나 나는 이런 내가 징글징글하지만, 이제는 그냥 받아들인다.

그날 집으로 돌아오며 이제 지난 일 같은 건 최대한 빨리 잊으면 잊을수록 좋다고, 지금부터는 다시 쌓아가는 수밖에 없다고 되뇌었다. 정말 쪽팔린 건 예전보다 못한 대우를 받고 일을 하는 게 아니라 이 나이에 부모 돈으로 사는 거였다. 한번 넘어졌다고 다시 일어나지 못하는 거였다. 들어오는 일은 감사히 여기며 가리지 않고 하고, 그렇게 시간을 보내다 보면 분명 상황은 나아질 거라고 믿어야만 했다.

그렇게 2년을 보낸 지금, 애석하게도 나는 환골탈태 수준의 성장을 이루지는 못한 것 같다. 여전히 나는 그냥 나인 상태로 산다. 다만 이제 일은 가려 할 정도가 됐고 무엇보다 사는 게 예전처럼 그렇게 무섭지가 않다. 지나온 시간을 정의할 말 같은 건 가지고 있지 않지만, 그 시간이 나를 삶이나 나 자신에게 갖는 기대로부터 조금씩 자유롭게 해줬다는 건 알겠다.

어떤 분들은 나를 아끼는 마음에 '그래도 결혼은 다시 해야지' '아이를 낳고 기르는 기쁨은 무엇에도 못 견

줘, 너도 한 번은 느껴봤으면 좋겠어'라고 조언하기도 하는데, 확실히 결혼과 출산은 그냥 '좋다고' '남들 다 그러고 사니까' 나도 수용해야 하는 삶의 방식은 아니다. 그러기엔 파급력이 너무나 큰, 굵직한 이벤트들이다. 게다가 나의 경우 짧은 기간이지만 와이프와 며느리라는 새 생명을 부여받아 사는 동안 사람을 사랑하는 일과 결혼이라는 제도 안으로 들어간다는 것은 완전히 다른 차원이라는 걸 절감했다.

재혼이나 출산을 권하는 말에 한동안 "근데 전 지금이 좋은데요"라고 답했지만, 별로 믿지 않는 눈치여서 이제는 그런 말도 잘 안 한다. 사람들은 대체로 이혼을 하고 나면 상처가 깊을 거라고, 삶에 만족하지 못하거나 불행할 거라고 짐작하는 것 같다. 이혼'까지' 할 정도면 얼마나 자기 삶을 사랑하는 건지, 인생을 만족할 만한 수준으로 다시 설계해보고 싶은 욕구가 얼마나 강한 건지에는 미처 생각이 닿지 않는 듯하다.

확실히 나는 결혼에 대해 어떤 환상도 가지고 있지 않고, 결혼 생활을 유지하고 있는 것도 아니니 깨져버린 환상과 드러난 실체를 감당하기 위해 '장점만 보자'고 주문을 외는 식의 타협이나 자기합리화를 할 필요가 없는 지금이 좋다. 무엇보다, 이제 더 이상 결혼을 숙제처럼 여기지 않는다. 부끄러운 고백이지만 나는 서른셋이 넘도록 결혼을 못 하면 큰일이 나는 줄 알았다. 내가 가진 생각, 세상을 바라보는 시각은 평균에 비해 개방적인데도 유독 결혼과 관련해서는 이전 세대의 사고를 답습하고 있었던 거다. 나는 적지 않은 여성이 여전히 이런 모순 속에 살고 있다고 본다. 높은 교육 수준에 비해 사회문화적으로 결혼에 대한 담론은 제자리걸음이거나 그보다 조금 나아간 수준이고 '결혼 안 한 여자'에 대한 편견 역시 뿌리 깊다. 이런 토양에서는 결국 결혼 자체에 대한 깊은 숙고를 건너뛰고 곧장 결혼으로 나아가게 될 확률이 높아진다.

그러나 '이제 나이가 됐으니까' '(상대가) 이만하면 적당하니까' '집에서 나가려고' '같이 놀던 친구들이 다 하니까' '아이를 낳고 싶어서' '늙으면 외롭다고 하니까'…… 하는, 세상에 그런 결혼은 없다. 바로 이것이 내가 이혼을 통해 알게 된, 결혼에 대한 많은 진실 중 하나다.

명랑한 은하수

언젠가는 홀연히 떠나가는 사람의 이야기를 쓰고 싶었다. 버틸 만큼 버티다 마침내 어떤 순간 단호히 몸을 틀어, 있던 곳과는 정반대 방향으로 나아가는 사람들. 실천 없이 고민만 반복하다 누구도 예상하지 못했던 때에 결단을 내리고, 마침내 용기 내어 자신의 삶을 새로 쓰는 사람들. 결국 내가 마음을 빼앗기는 건 그런 이야기, 그와 같은 결말이었다. 보통 그들에게는 타인은 감히 짐작도 하지 못할 복잡하고 고통스러운 내적갈등이 있었고, 나는 그 시간이 지난 뒤에 마치 보상처럼 주어지는 깨달음과 자기 변혁을 지켜보는 게 좋았다. 그건 내게 용기를 줬다.

화가 이성자에 대해 더 알고 싶다고 생각한 건 그녀의 작가 생활이 바로 이런 '떠남'의 순간에 기인하기 때문이다. 이성자 화백은 지난 2009년 아흔둘을 일기로 타계하기까지 반세기가 넘는 세월 동안 작품 활동에 투신한, 명실상부한 한국의 원로 화가다. 국내 미술사에 족적을 남긴 걸출한 여성 작가임에도 대중적 인지도는 다소 떨어지는 편인데(비슷한 연배인 박수근, 김환기, 이중섭 등과 비교했을 때 그녀를 안다는 한국인은 많지 않다), 고국보다는 프랑스를 주 무대로 활동했던 것이 결정적 이유일 것이다.

　　이성자는 일제강점기인 1918년 전남 광양에서 태어나 유소년기 대부분을 경남에서 보낸다. 진주 일신여고를 졸업한 뒤 오랜 설득 끝에 부모님에게 유학 승낙을 받아낸 그녀는 도쿄 시부야에 위치한 짓센여대에 입학했다. 짓센여대는 여성들에게 건축, 물리, 화학, 미학 등을 가르치던 진보적인 교육기관이었다. 유학을 통해 서구의 신학문을 접하고 자신의 흥미가 어디에 있는지를 얼핏 깨닫기도 했지만 공부를 마친 뒤 그녀가 택한 첫 번째 길은 결혼이었다. 이성자는 부모가 정해준 혼처였던 한

외과의사와 혼인해 아들 셋을 낳는다. 그녀는 가정주부로 세 아들을 양육하던 이 시기를 자신의 인생에서 가장 행복했던 순간으로 꼽는다.

그러나 결혼한 지 10여 년 만에 남편의 외도로 가정이 깨지고 그녀가 외출한 사이 시댁 친지들이 아이들마저 데려가버리자, 행복은 허무하게 끝나버린다. 아이들과 생이별을 한 이성자는 자신의 무능에 대한 자책, 자식에 대한 그리움 등 원망과 슬픔으로 무너져 내리다 전쟁이 발발하자 홀로 부산으로 피난을 간다. 이후 부산 피난처에서 만난 주불 공사 손병식을 통해 도불의 기회를 얻고, 그녀는 불어 한마디 모르는 채로 파리로 가는 배에 몸을 싣는다. 있던 곳에 머물며 시들어가든지, 무엇도 기약할 수 없지만 적어도 살 가능성과 죽을 가능성이 공평히 절반이기라도 한 미지의 땅으로 가든지, 선택지는 둘뿐이었다. 이성자는 후자를 택한다. 때는 1951년, 그녀의 나이 서른넷이었다.

사실 처음 프랑스행을 결정한 것은 지극히 현실적이면서도 비관적인 상황 판단 때문이었다. 유학을 다녀왔지만 오랫동안 주부로 살아온 그녀는 사회생활 경험이 전무했고, 돈이 있어야 아이들을 데려올 수 있음을 통감한 것이다. 이성자는 5년 안에 프랑스에서 불어와 디자인 학위를 따고, 귀국 후 교수로 취임해 아이들과 함께 살겠다는 목표를 세운다. 이후 파리에 입성한 지 1년 만에 불어 교수 자격증을, 이듬해에는 디자인 자격증을 취득하지만 귀국 대신 그녀는 또 한번 자신의 인생을 회전시킨다. 본인의 흥미와 재능이 회화에 있음을 자각하고 디자인 학교를 중퇴, 순수미술로 방향을 튼 것이다.

서른여섯에야 정식 회화 교육이 시작되었고, 이제 그녀 앞에 놓인 길은 꾸준한 전진뿐이었다. 여기저기서 헌 침대 시트를 얻어 아교 칠을 한 뒤 그것을 캔버스 삼아야 했던 어려운 시절이었지만 그림에 대한 열정은 더해갔다. 그녀의 말에 따르면 1955년 첫째 아들 석이에게 편지를 받은 뒤로는 "그 지긋지긋한 악몽도 꾸지 않게 됐다". 1956년 생애 첫 전시 출품작이었던 〈눈 덮인 보지라르 거리〉로 프랑스 화단에 성공적인 데뷔를 한 이성자는 파리의 주요 화상과 컬렉터, 화가들과 교류하며 빠르게 입지를 다진다. 1962년에는 프랑스 문화성이 그녀의 작품을 구입하기 시작했고 2년 뒤에는 당시 파리에서 가장 유명한 갤러리 중 하나였던 샤르팡티에 갤러리에서 개인전을 연다. 그리고 1965년, 한국에서 열린 첫 개인전을 계기로 귀국해 드디어 장성한 세 아들을 만난다. 15년 만의 해후였다.

아이들을 만나고 다시 프랑스로 돌아간 이성자는 작품 제작에 박차를 가한다. 1969년이 되면 어머니, 여성으로서의 정체성을 표현한 〈여성과 대지〉 연작을 끝내고 도시 풍경을 추상화한 〈중복〉 시리즈를 제작하기 시작하는데, 이러한 변화는 그녀가 아이들과 고국에 대한 그리움에서 비로소 자유로워졌기 때문에 가능했다. 한시도 잊어본 적 없던 아이들이 엄마 없이도 잘 자란 것을 확인한 뒤, 그녀의 말처럼 "매여 있던 땅으로부터 풀려나기 시작한 것"이다.

이후로도 이성자 화백의 작품 세계는 일정한 주기를 두고 계속 변화한다. 짧게는 2~3년, 길게는 10년 넘도록 하나의 스타일을 지속하다 새로운 형식으로 옮겨가고, 회화에 국한되지 않고 판화, 도자기, 모자이크, 벽화

등 여러 매체를 넘나들었다. 특정 양식이 자신의 작품 세계를 대표하는 유일한 것이 되지 않도록 경계한 탓도 있지만, 그보다 창조에 대한 주체할 수 없는 호기심과 에너지가 '일단 해보지 않고서는 도저히 못 배기도록' 그녀를 등 떠밀었다는 말이 더 적합해 보인다. 그렇지 않고서야 이렇게 쉼 없이 작업하고 내내 변화무쌍할 수 있었던 동력을 설명할 방도가 없다. 그녀가 남긴 작품의 수는 회화 1300여 점, 판화 1만 2000여 점, 도자기 500여 점 등 총 1만 4000여 점에 달하는데, 작품의 총량보다 더 놀라운 것은 그것들의 다양함, 비고정성이다.

그중 내가 가장 좋아하는 것은 작가가 프랑스 남부의 작은 시골 마을 투레트에 세운 작업실, '은하수'다. 투레트는 절친한 친구 크리스토프 콜로의 고향으로 이성자는 1956년 그의 초대로 처음 그곳을 방문했다. 투레트의 자연에 매료된 그녀는 68혁명이 일어나던 해, 아예 집과 부지를 매입했다. 양치기가 살던 다 쓰러져가는 돌담집을 증축하고 폐허나 다름없던 땅을 가꿔 아틀리에를 마련한 것이다. 한국을 떠나온 지 17년, 이역만리 낯선 땅에 우뚝 선 자신의 공간을 바라보며 그녀는 무슨 생각을 했을까.

투레트 작업실에 대한 그녀의 애정은 남달랐다. 1992년에는 직접 설계한 도안으로 새로운 아틀리에를 준공한 뒤 '은하수'라 이름 붙이고, '내 인생의 완성을 시도한 작품'이라 말한다. 은하수는 음과 양의 요철 모양을 한 채 어슷하게 서 있는 두 건물로 나뉘어 있는데, 음의 모양을 한 곳은 판화, 양은 회화 작업실이다. 두 작업실 사이에는 은하수로 상징되는 시냇물이 흐르고, 건물을 잇는 작은 다리가 놓여 있다. 이 화백은 해가 드는 낮에는 자연광을 받으며 회화 작업을 했고 어두워지면 판화 동으로 옮겨갔다.

은하수의 모티브가 되기도 한 '음양' 문양은 40년 가까운 세월 동안 이성자 작품에 꾸준히 등장해왔다. 작가 자신의 설명에 따르면 "음과 양, 동양과 서양, 죽음과 생명과 같이 두 개의 상반된 것"이 공존하는 세상을 시각적으로 구현한 것으로, 많은 경우 사이가 살짝 벌어져 틈이 있는 상태로 그려진다. 그녀는 이 어긋남과 둘의 거리에서 오는 긴장, 팽팽한 에너지를 긍정한다. 존재와 존재 사이에는 무한한 은하수가 흐르고 있어 우리는 쉽게 저

쪽에서 이쪽으로 건너올 수도, 갈 수도 없다는 것을 그녀 스스로 잘 알기 때문이다. 그토록 그리워하던 고국이었지만 15년 만에 다시 돌아갔을 때는 그 모습이 아니었고, 아이들도 마찬가지였다. 그녀는 무엇인가를 떠나는 순간 다시는 예전의 그때로 돌아갈 수 없다는 걸 삶을 통해 배웠다. 그럼에도 떠나야 할 순간이 오면 과감히 돌아섰고 필요하다면 가족도, 나라도 떠나왔다. 하나의 스타일이 인정받고 고착되는 느낌이 들면 곧장 그것을 버리고 두 번 다시 찾지 않았다.

은하수가 완공된 이후 이성자의 그림은 극도의 환상성과 명랑함, 삶에 대한 긍정으로 채워진다. 은하가 흩뿌려진 우주 공간이 노랑, 파랑, 분홍으로 물들어 있는 화면에서는 슬픔이나 미움, 갈등, 고통 따위를 찾아볼 수 없다. 이것이야말로 이성자가 투레트에서 올려다본 밤하늘이자, 자신이 곧 가게 될 거라고 상상한 우주의 모습이 아니었을까. 어쩌면 은하수를 통해 그녀는 더 이상 꿈 바깥을 서성이지 않고, 마침내 꿈속에서 살기 시작했던 건지도 모르겠다.

서른넷에 떠난 유학, 서른여섯에야 시작한 그림, 서른아홉에 이뤄진 정식 데뷔. 늦은 시작을 만회하려는 듯 초인적인 열정과 꾸준함으로 일했던 자세, 일흔넷에는 지난 세월을 집대성하는 역작이나 다름없었던 '은하수' 준공까지. 이성자 화백을 떠올릴 때마다 나는 삶을 자신이 원하는 방향으로 꿋꿋이 견인해가는 여정에 대해, 남보다 늦은 시작이었지만 누구보다 오래 살아남았던 성실함에 대해 생각하게 된다. 무엇을 '남기고 가겠다'는 대단한 포부 같은 건 가져본 적 없지만, 하늘을 보며 내가 '돌아가 안길 곳'에 대해 생각하게 되는 나이가 되면, 나는 다만 긍정하고 싶다. 뜻대로 이루어지지 않았던 많은 일에 대해, 신의 존재를 회의하게 만들었던 고통에 대해, 내게는 좀처럼 곁을 내주지 않던 삶 그 자체에 대해. 더없이 다정하고 명랑한 얼굴로 지금 이 시간을 돌아보고 싶을 뿐이다.

Sometimes making something leads to nothing

1.

한 남자가 입방체의 커다란 얼음덩어리를 밀며 앞으로 나아간다. 남자는 차와 사람으로 혼잡한 도심 한가운데와 비교적 한가한 뒷골목 등 일상의 공간을 두루 지난다. 어떤 이는 남자를 흘깃거리며 호기심을 드러내지만 대다수의 행인은 무심히 갈 길을 간다. 남자 혼자 끌기 버거워 보일 만큼 묵직했던 얼음은 점점 작아져 조각이 됐다가, 마침내 녹아 없어진다. 도로 위에 남은 물 얼룩마저 사라지고 나면, 이제 얼음은 완전히 이 세상에 없는 것이 된다.

벨기에 출신으로 1987년 멕시코에 정착한 뒤 전 세계를 무대로 퍼포먼스를 선보여온 프랑시스 알리스(Francis Alÿs, 1959~)의 작품, 〈실천의 모순(Paradox of Praxis)〉에 대한 설명이다. 5분 남짓한 짧은 영상으로 기록된 이 퍼포먼스는 1997년 그가 멕시코 도심에서 행했던 행위예술로, 알리스를 유명하게 만든 '걷기'가 작품의 근간이 되고 있다. 그는 어떤 인위적 개입도 없이 그저 걷기만 하거나, 특수한 상황과 조건 속에 작가를 위치시킨 뒤 걷게 하는 다양한 방식으로 걷기 프로젝트를 수행해왔다. 금속 바퀴 위에 자석으로 만든 작은 강아지를 올린 뒤 그것을 끌고 멕시코시티를 걸어 다녔던 초창기 퍼포먼스 〈컬렉터〉, 구멍이 뚫린 페인트 통을 들고 상파울루의 낯선 지역을 헤매다 흘린 페인트 자국을 실마리 삼아 길을 되돌아온 〈누출〉, 일주일 동안 날마다 다른 약물을 복용하고 코펜하겐의 거리를 배회한 〈Narcotourismo〉 등은 모두 '걷기'를 퍼포먼스의 주 형식으로 채택한다.

알리스는 앞서 말한 〈실천의 모순〉에 '때로는 무엇인가 만드는 것은 무(無)를 낳는다(Sometimes making something leads to nothing)'라는 부제를 달았다. 예술가가 열심히 얼음덩어리를 밀고, 힘과 시간을 들여 행위에 몰두하지만 힘겹게 수행한 그 모든 것의 결과는 '녹아 없어진' 얼음을 마주하는 것이다. 행했지만, 무엇도 남지 않았다. 노동의 대가는 쌓이는 대신 흩어졌고, 존재하는 대신 사라졌다. 그야말로 '실천의 모순'이자 많은 인간이 처한 삶의 모습과도 닮아 있다. 우리는 숱한 모욕과 지루함, 불안, 자기 자신과 타인을 향한 습관적 혐오로 점철된 일상을 견디고 또 견디지만, 그 와중에도 끊임없이 노동하고 유의미한 무엇인가를 생산하려 애쓰지만, 그러나 그렇게 살아 무엇을 남겨왔는가?

2.

나는 아직 내 이름으로 된 집이 없다. 젊으니 당연하다고 생각할지도 모르지만, 또 그렇지도 않다. 나와 비슷한 또래여도 어떤 이들은 이미 자기 집을 소유하고 있다. 모든 30대가 다 가난한 것은 아니라는 것, 내게는 이 말이 더 당연하게 들린다. 어쨌든, 나도 내 집을 가져보고 싶어 방법이 없을까 알아봤는데, 지금 상황으로는 '방법 없음'이라는 결론이 내려졌다. 송성진 작가의 프로젝트 〈1평조차(1坪潮差)〉를 떠올리게 된 건 찾다 보면 적당한

집이 있지 않을까 하는 일말의 기대를 품었지만 결국 실
패로 끝난 지난 몇 달간의 고생과 스트레스 때문이었다.

〈1평조차〉를 처음 본 건 작년 초, 국립현대미술관 개
관 50주년을 맞아 열린 〈광장: 미술과 사회 1900-2019〉
전에서였다. 20세기 한국 미술의 변천사를 돌아보는 〈광
장〉은 시기별로 나뉘어 과천관과 덕수궁, 삼청동에 위치
한 서울관에서 각각 열렸고, 〈1평조차〉는 동시대 미술을
다룬 서울관에 전시됐다.

작가는 경기도 안산시 대부도의 선감 어촌체험마을
에 1평짜리 목조 집을 짓는다. 말이 집이지 성긴 나무 골
조로는 잠깐 지나는 이슬비를 막는 것도 불가능하다. 완
성된 나무집은 뗏목을 이용해 갯벌 가운데로 옮겨지고,
그때부터 집의, 아니 집을 사수하기 위한 작가의 수난기
가 시작된다. 갯벌은 하루 두 차례 조수가 드나든다. 어
떤 날은 집이 무사히 버텨주지만 태풍이 오는 등 날씨가
굿어지면 속수무책이다. 실제로 프로젝트 기간 동안 집
은 태풍에 통째로 휩쓸려가다 암초에 걸려 좌초되기도
했고, 바람으로 인해 다른 마을로 쓸려가기도 했다. 작가
는 그때마다 선감 마을 사람들의 힘을 빌려 표류 중인 집
을 인양해 와야 했다. 〈광장〉전은 집을 짓고, 사수하고,

수리해 다시 갯벌로 내보내는 등의 과정이 담긴 영상을
보여줌과 동시에 실제 나무집을 미술관 안에 전시했다.
나는 그날 유독 이 작품 앞에 오래 머물렀다. 나무집에
걸터앉아 벽면에 흐르는 영상을 보고, 상세히 기록한 작
가의 작업 일지를 읽고 또 읽었다.

〈1평조차〉는 작가가 방글라데시 로힝야 난민촌을
방문한 것을 계기로 탄생했다. 위태롭고 연약한, 외부의
힘에 의해 순식간에 사라지거나 파괴될 위험을 안은 나
무집에서 우리는 어렵지 않게 난민들의 거주 공간을 떠
올릴 수 있다. 동시에, 로힝야 난민까지 가지 않더라도,
어떤 이들에게 이는 자기 삶을 빗댄 우화처럼 읽힌다.
'그것도 집이라고' 목숨 걸고 지켜야 하는 인생, 그마저
도 없어 자주 비루해지는 마음.

영상을 보다 보면 작가가 쓸려 간 나무집을 구하기
위해 배를 빌려 타고 나간 장면이 나온다. 작가와 마을
사람은 천천히 나무집에 접근해 조심스레 닻을 내리고
집과 도킹한다. 상공에서 촬영된 이 장면에서 사람들과
집은 점점 점처럼 작아지고, 바다는 그만큼 거대해진다.
어느 쪽이 위력을 가졌는지는, 굳이 말하지 않아도 안다.

이번에는 구해내더라도 다시 비가 오거나 조금이라도 바람이 거세진다면, 집은 또 유실될 것이다. 그러면 작가는 별수 없이 또 마을 사람들에게 아쉬운 소리를 해가며 집을 찾아 나서야 한다.

생각이 여기까지 미치자 떠오른 생각은 하나였다.
대체 저 남자는 뭘 하고 있는 거지? 왜 저 고생을 하는 거야, 누가 알아준다고. 뭐가 바뀐다고.

3.
프랑시스 알리스와 송성진 퍼포먼스의 공통점을 꼽으라면, 둘 다 내가 많이 사랑한다는 것, 그리고 결국 저 물음을 거치게 만든다는 거다. 〈실천의 모순〉과 〈1평조차〉는 헛된 일을 열심히도 해대는 어떤 이의 일상을 담고 있다. 누군가에게는 그저 바보 같아 보이고 '가성비'라고는 제로인 행위를, 그들은 참 부지런히 수행한다. 나같이 효용을 따져 묻는 속된 인간이 있다면, 그들이 대변하는 건 남들에게 이해받지 못해도 자신에게는 중요한 어떤 것을 온몸을 던져 지키는 사람들이다. 어쩌면 그들은 남들의 시선이나 판단으로부터 이미 자유로운지도 모른다. 절박한 인간에게 타인의 이해는, 별로 중요치 않기에.

4.

Sometimes making something leads to nothing, 나에게 있는 '썸띵'은 뭘까.

내게도 그런 것이 있었으면 좋겠다는 생각이 든다.

무엇인가를 행하고 그 결과로 반드시 더 큰 무엇인가를 만들어내야 한다는 강박에서 벗어날 수 있다면, 삶은 얼마나 더 다양한 가짓수의 즐거움으로 내게 화답해올까.

일을 계속한다는 것

내가 나에 대해 생각할 때 가장 먼저 떠올리는 말은 '대책 없네……'다. 대외적으로는 포장도 하고 이렇게 저렇게 미화도 좀 해보지만 혼자 가만히, 지금부터 하는 말은 누구도 듣지 못하니 나에 대해 솔직히 말해보라고 한다면 나는 '대책 없다'는 말밖에는 별로 할 이야기가 없다. 그래도 더 자세히 말해보라고 하면 한참을 고민한 뒤에 '진짜…… 더럽게 대책 없네'라고 할 것 같다. 진심이다. 내가 하는 선택의 대부분은 아닌 것 같은데도 굳이 그 길로 가보고, 느낌이 싸해도 일단 해본 뒤 '거봐, 좀 이상하다 했어' 하는 식이다. 그러면 애초에 하지를 말지 후회해도 이미 늦었다. 앞으로도 남은 인생을 벌인 일을 수습하는 데 다 쓸 것 같다.

사람들은 보통 이런 식으로 설득에 들어간다. "넌 똥을 먹어봐야지만 똥인 줄 아니?" 그럼 나는 깊은 깨달음을 얻었다는 듯 비감하게 고개를 끄덕이지만 돌아서면 결국 내가 하고 싶은 대로 한다. 그들도 그걸 알아서 마지막에는 "어차피 너 하고 싶은 대로 할 거잖아"를 꼭 덧붙인다. 나는 상대를 애틋한 눈빛으로 바라보며 다시 한 번 끄덕인다. 아는구나…… 역시 넌 내 친구야.

그런 나도 변명을 해보자면, 문제는 세상 모든 일이 똥 혹은 똥 아닌 것처럼 경계가 분명하지 않다는 데 있다. 세상에는 똥인지 금인지 시간이 지나봐야 아는 것들도 있다. 지금 당장은 좋아 보여도 멀리 보면 아닐 수도 있고, 그 반대의 경우도 얼마든지 가능하다. 그럼 그걸 어떻게 알 수 있을까? 제일 좋은 건 혜안이 있는 건데 이게 나한테 없다는 건 분명해 보인다. 미래를 예측해 대박이 난 사람들의 성공담은 끊이질 않는데(아무도 비트코인 안 살 때 한 코인 두 코인 모았다가 지금은 30대에 조기 은퇴를 했다는 회사원 A의 이야기, 요즘은 특히 이런 식의 도시 전설이 많은 것 같다) 대체 어떻게 해야 몇 수를 앞질러 볼 수 있는 건가요. 아는 사람 연락 좀.

　　서른네 살의 신입 사원으로 미술품 경매 회사에서
일을 시작하겠다고 했을 때 가족들의 얼굴에는 황당함
과 난감한 기색이 동시에 드리웠다. 삼 남매 중에서 제
일 현실감각 없고 생활에 필요한 제반 사항에 다소 무지
하다는 이유로 덜떨어진 애 취급을 받아온 나로서는 그
표정이 의미하는 바를 모르지 않았다. '하, 얘 또 시작이
네.' 그게 뭐냐고 자세히 묻지도 않는 가족들 앞에서 마
음이 다급해진 나는 앞으로의 계획과 경매 일에 대해 장
황하게 늘어놓기 시작했다. 그러니까 이건 아트 비즈니
스…… 고도의 전문성과 지식을 요하는…… 어쩌고저쩌
고…… 블라블라…….
　　내 말을 다 듣고 난 아빠는 잠시 호흡을 가다듬더니
나를 똑바로 바라봤다. 아빠의 눈은 말하고 있었다. '자,
헛소리 다 했지? 이제 내 차례지?' 그리고 이어지는 울분
에 찬 랩. "너는 어떻게 그렇게 변함이 없냐? 너도 이제
30대 중반이다, 중반. 적은 나이도 아니고 하던 일을 계
속하는 게 네 몸과 마음이 더 편하겠냐 아니면 생판 처음
인 필드에 가서 바닥부터 시작하는 쪽이 더 낫겠냐? 그

나이면 이제 자기가 제일 잘하는 거, 지금까지 쭉 해왔던 거 하면서 사는 거다. 제발 좀 현실적으로 생각해라, 현실적으로."

아빠가 이렇게 말을 잘하는 줄 몰랐다. 처음부터 끝까지, 구구절절 다 맞아서 비집고 들어갈 틈이 없었다. 평소와는 다르게 대거리를 하지 않고 침묵을 지키는 나를 보며 아빠는 '웬일로 말을 다 들어먹네'라고 생각했을까. 아마 그랬을 것이다. 내가 봐도 그날 나는 좀 철이 들어 보였다. 미약하게 고개도 약간 끄덕거린 거 같다.

결론부터 이야기하자면 나는 결국 옥션에 입사했고, 팔자에 없는 줄 알았던 회사원 생활을 얼마간 하게 됐다. 소식을 들은 지인들은 쉽지 않을 거라고, 근데 일단 축하는 한다고 열이면 열 다 비슷한 반응을 보였는데 현실은 그 이상이었다. 쉽지 않은 정도가 아니라 자주, 많이 어려웠다. 가장 먼저 맞닥뜨린 암초는 역시 일에 능숙하지 않아 발생하는 크고 작은 실수들이었는데 이건 좋은 동료들을 만난 덕분에 생각보다 쉽게 극복이 됐다. 처음에는 실수가 하나 나올 때마다 '하, 등신인가?' '나 왕년에는 일 잘한다는 소리 좀 듣고 살았는데' 하는 자기 비하와 탄식에 젖은 '라떼는' 파티가 시연됐지만 그것도 한두 번이었다. 인내심 많고 친절한 동료들이 원래 그런 거라고, 시간이 좀 필요하다고 위로해주니 나는 정말 괜찮다고 생각하기로 했다. 예전의 나 같으면 괜찮다는 말은 하나도 안 괜찮은 시간이 임박하고 있음을 알려주는 전조 그 이상도 이하도 아니라고 스스로를 몰아붙였을 테지만 나이가 드니 그것도 힘들다. 그래서 대체 누구한테 뭐가 좋다고. 또 다른 어려움은 소소한 텃세였지만 말그대로 소수에 불과했고, 게다가 이쪽 분야에는 내가 좀 단련이 되어 있다. 내가 누구냐면요. 10년 가까운 기상캐스터 생활 동안 규모와 성격이 판이한 조직 세 곳을 두루거치며 이 꼴 저 꼴 다 본 사람이라고요, 내가. 작고 귀엽다고 마음도 작고 귀여울 거라 생각하면 곤란해요? 인사 안 받는 정도는 뭐, 친해지고 싶다는 말 정도로 이해합니다. 그런 식으로 자기소개하는 사람들은 어딜 가나있어요.

그러나 가장 거대하고 도저히 피할 수 없었던 어려움은 도무지 내가 '조직화'되지 않는 인간이라는 데 있었다. KBS야말로 거대 조직이고, 그런 곳에서 8년을 일했으면서 무슨 소리냐고 하겠지만 엄밀히 말해 KBS는 주인이 없는 회사다. 사장이 있긴 하나 선출·임기제이고 회사의 크고 작은 일을 결정하는 데 있어 사장의 권한이 절대적이지도 않다. 이 말은 무슨 얘기? 구성원은 의견 개진의 자율성을 어느 정도 보장받는다는 얘기. 게다가 나는 프리랜서 신분이었고, 내 노동이 궁극적으로 무엇에 기여하는 것인지는 명확했다. 나 자신. 프리랜서로 사는 동안 나는 일하는 데 쓰는 시간과 노력, 에너지 자체에 회의를 갖거나 의구심을 품어본 적이 없다. 쉽게 말해, 시간을 때우는 식으로 자리를 지키거나 일을 하면서도 '이거 해서 뭐 하나?' 하는 생각을 해본 적이 없다는 거다. 뭐 하긴? 커리어를 쌓고, 돈을 벌지. 노동의 필요충분조건 아닌가요? 물론 조직 생활을 통해서도 얼마든지 그 둘을 이룰 수 있지만 내게는 내가 전체의 일부분이 아니라 하나의 독립된 개체로 존재하고 있다는 감각이 무엇보다 중요했다. 스스로 그걸 확보하지 못하면 점점 시들어가는 사람이 바로 나라는 걸 분명하게 깨닫자 퇴사는 불가피해 보였다.

　회사를 그만두기로 마음먹었다고 해서 실행이 쉬운

것은 아니었다. 서른다섯의 나이에 정규직 자리를 박차고 나가는 것이 과연 옳은 선택인지 두어 달을 고민했고 업무를 통해 배울 수 있는 게 많은 것도 사실이었다. 어떤 날은 미친 짓 같고 또 어떤 날은 아닌 것 같고 갈팡질팡하는 나날이 이어졌는데, 어느 시점이 되자 이렇게 긴 고민을 하는 것 자체가 망조 같았다. 정규직이 무슨 만능 종신보험도 아니고, 그게 뭐라고 벌써 이렇게 쪼그라들기 시작했나. 내가 언제부터 정규직 해봤다고. 태어나서 처음이면서. 이 자리가 줄 수 있는 안정감보다 앞으로 내가 느낄, 아니 이미 느끼고 있는 상실감이 비교할 수 없을 만큼 크다는 걸 나는 이미 알고 있었다. 나를 보호하는 안전망도 없지만(사실 나는 그 철책도 임시 대여라 생각한다) 통제하는 울타리도 없는 삶, 나는 그런 삶을 살고 싶을 뿐이었다.

그래서 지금 회사 나와서 뭐 하냐고 누가 물으면, 먼 산을 바라보며 "하루 벌어 하루 먹고살지요, 허허"라고 대답한다. 상대가 좀 진지한 대답을 원하는 것 같으면 진작 이럴 걸 그랬다고 말한다. 회사를 다닐 때보다 일하는 시간은 더 늘어났고, 어떤 날은 한 푼도 못 벌고 돈만 쓰고 돌아다닌 것 같아 불안하고, 당장 다음 달은 수입이 어떻게 될지 알 수 없지만 나는 그래도 지금이 좋다. 하루하루가 공중에 그냥 흩어지는 게 아니라 차곡차곡 쌓이는 기분이다. 아마 내가 지금 이 일을 왜 하고 있는지를 스스로 또렷이 자각한 상태에서 움직이기 때문이 아닐까 싶다. 오늘 하루 무엇을 언제 어떻게 할지 결정하는 것 역시 오롯이 나의 몫이다. 특히 시간에 대한 주도권은 내게 정말 중요한 부분인데, 회사를 다닐 때는 별수 없이 내 일과표가 이미 어느 정도 정해져 있고 나는 그 틀을 따라야 했다. 그것이 조직의 기강이기에. 그러나 나는 이따금 궁금했다. 대체 어떻게 전 직원이 12시부터 1시까지, 정해진 시간 안에만 밥을 먹지? 왜 그래야 하고요?

새해가 되고 오랫동안 생각만 해오던 일에 도전하기 위해 두 곳의 회사를 차렸다. 되게 거창해 보이는데, 그냥 사업자등록 하고 회사 이름을 만들어봤다는 거다. 그중 한 곳은 공간이 필요해 난생 처음 부동산 계약도 했다 (건물주 중 한 명이 10대라 좀 부러웠다). 이런 거 해본 적 있냐고? 그럴 리가…… 소름 끼치게 종류와 모양이 다양한 나의 빈틈을 새삼 체감하며 이제 하나씩 배우는 중이다. (다시 글의 맨 첫 문단으로 돌아가봅니다. 대책 없다고 했죠, 내가?) 한창 회사를 다니고 있을 때 오랜 친구 하나가 꼬우면 네가 대표하라고 해서 '그래 그게 뭔지 모르겠지만 언젠가 한 번은 해본다, 내가' 하고 생각했는데 그날이 이렇게 빨리 올 줄은 몰랐다. 사업의 시옷 자도 모르는 내가 과연 할 수 있을지 없을지 도무지 모르겠으니 일단 해보는 수밖에 없겠다.

시간이 흐른 뒤에 나는 나의 2, 30대를 어떻게 이야기할까. 실수투성이에, 스스로 정한 방식과 기준을 지키며 살아간다는 명목으로 주변과 불화하기도 하고 호불호가 강한 데다 그걸 감추지도 못해 손해를 감수해야 했던 시간(쓰다 보니 좀 사회부적응자 같다) 등 여러 가지가 떠오르지만 무엇보다 '일을 지속하고자 하는 갈망'으로 가득했던 시절로 지금을 기억할 것 같다.

새로운 시도를 하고, 일을 이어가고, 그 과정에서 내 영역을 계속 확장해가는 것. 내게는 이런 일련의 과정이 더없이 소중하다. 도전해 원하는 결과를 얻지 못했더라도 내게는 있던 자리를 벗어나 낯선 영역에 뛰어들어본 경험이 남는다. 그렇게 내 세상은 조금씩 넓어진다. 물론 때때로 너무나 피곤하고 버겁기도 한데, 나처럼 대책 없는 인간은 시행착오가 유독 많고 남보다 돌아가기 일쑤기 때문이다. 하지만 그것도 아직은 괜찮아 보인다. 먹을 나이가 많이 남아 있어서 당분간 시간도 내 편이다.

원
도

가끔 쓰고 적당히 말하고 자주 잠드는 사람.
《경찰관속으로》, 《아무튼, 언니》를 썼다.

가파른 맛

나는 시방 목구멍이 좁아 슬픈 짐승이다. 음식이든 음료든 내 입에서 목구멍을 타고 장기로 흘러가기까지는 한참의 세월이 필요하다. 게다가 이 글을 쓰는 현재 오른쪽 어금니 신경 치료를 하고 있어 오른쪽으론 아예 씹을 수 없는 상황이다. 반쪽짜리 장비를 가진 내게(사실 양쪽 이가 멀쩡할 때도 마찬가지였지만) 외근 경찰관으로서의 점심 식사는 험준한 산길을 오르듯 위태롭고 산소가 부족한 것처럼 헐떡이고야 마는, 애석하게도 뭘 먹든 가파른 맛이다.

언제 신고가 들어올지 몰라 촉각을 곤두세워야 하는

외근 경찰관의 점심 식사는 속도로 시작해 스피드로 끝난다. 식당 선택, 메뉴 선정, 수저 놓기, 음식 세팅, 흡입, 식후 담배 또는 믹스커피까지 일사천리로 이루어지지만 이런 탄탄대로를 즐기지 못하는 이가 있으니 바로 나다. 항상 신고나 민원인이라는 우선순위가 내 등을 겨누고 있는 기분으로 임하는 식사는 거칠다는 말 이외에 표현할 단어가 없다.

그러나 직장의 특성이 이런 것을 어찌하리오. 현실 한탄은 그만두고, 음식을 집고 입에 넣은 뒤 씹고 삼키는 절차가 흡사 주문이 쏟아지는 한여름 에어컨 공장의 컨베이어벨트처럼 초현대적인 속도로 자리 잡은 선배들 사이에서 식사를 제때 끝낼 수 있는 방법을 혼자 연구해 봤다.

방법 1. 절대 대화에 참여하지 않는다. 내 입은 음식을 씹기에도 버거운 운영체제를 가지고 있으므로 대화는 무리다. 혹시 맞장구를 쳐야 할 상황이면 비음으로 대꾸한다. 어차피 선배들도 나의 의견을 그닥 궁금해하지 않는다.

방법 2. 반찬은 사치다. 본 메뉴만 노린다. 내가 진정한 대한민국 밥경찰이다. 열심히 노력해서 가지무침을 뛰어넘는 밥경찰이 되리.

　방법 3. 음식의 온도에 맞는 사전 준비를 한다. 차가운 면 요리를 먹을 때면 으레 가게에서 제공하는 육수를 몇 사발 마시며 입속을 한껏 데워놓는다. 그래야 차가운 걸 더듬거리지 않고 술술 먹을 수 있다. 뜨거운 요리를 먹을 땐 생수 폭포로 입속을 차갑게 만드는데, 위와 같은 논리다. 참고로 선배들의 입속 온도계는 고장 난 지 오래라 어떤 온도의 음식을 먹든 같은 속도로 해치우니 더욱 유의할 것.

　이런 연구 결과와 더불어 혼자만의 각개전투를 벌여도 제시간에 식사를 끝낸 적은 거의 없다. 점심이라는 산은 어쩌면 나에게만 해발 8000미터의 가파른 산이고 선배들에겐 동네의 야트막한 언덕쯤일지도 몰랐다. 한참 고개를 처박고 음식에 집중하다 앞을 보면 선배는 이미 식사를 끝낸 뒤 인터넷 뉴스를 보고 있거나, 눈은 TV에 고정하면서도 귀로 소리를 듣지는 않는 모양새로 나를 기다린다. 눈이 마주치자 선배는 나에게 천천히 먹으라며 웃어준다. 그런데 선배, 계산을 마치고 믹스커피까지 탄 뒤에 천천히 나오라고, 본인은 밖에 있겠다고 하면 제가 어찌하나요. 선배의 멀어지는 뒷모습을 보며 눈물로 남은 국밥 원샷! 시방 목구멍이 좁아 슬픈 짐승은 오늘도 뜨거운 국물로 목구멍을 지지고야 만다. 이렇게 원샷할 거면 돼지국밥과 내장국밥 사이에서 고민하지 말걸. 음식이 혓바닥 위에 머무르며 자신이 가진 본연의 풍미를 뽐낼 틈도 없이 소화기관을 향해 발사되는 일은 음식에게도, 목구멍 주인에게도 비극이다.

혹자는 그토록 먹는 게 힘들면 밥을 조금 덜어 먹으면 되지 않느냐고 반문할지도 모른다. 꾸역꾸역 밥 한 그릇을 다 먹는 게 미련해 보이려나? 하지만 외근 업무를 하다 보면 체력이 금방 소모되고 언제 신고가 들어올지 모르기 때문에 끼니를 챙길 기회가 오면 101퍼센트 채워주는 게 좋다. 저녁을 적게 먹었다가 새벽에 출동 나가서 졸음과도 싸우고 저혈당과도 겨루며 덜덜 떨리는 손으로 일을 하는 경험은 더 이상 쌓고 싶지 않다. 일에 제대로 집중하고 싶은 마음에 꾸역꾸역 주어진 몫을 먹다 보니 소화불량과 위염을 달고 산다. 이게 트라우마로 남았는지, 집에서는 밥을(특히 저녁) 두 시간에 걸쳐 먹는다. 엄마는 그런 나를 보고 프랑스 사람이냐고, 지금 코스 요리 먹냐고 질색하지만 나는 여유가 될 때는 최대한 천천히 먹고 싶은 마음인걸.

내 목구멍에는 언제쯤 고속도로가 뚫릴지. 아직 편도 1차선 국도뿐인 나에게 원활한 교통 흐름은 멀기만 하다.

나는 입과 귀를 열고서

경찰관이 된 이후 1년 반가량의 경찰서 내근 생활을 제외하면, 나는 여태껏 교대 근무 부서에서 일했다. 그런 내가 생각하는 교대 근무의 가장 큰 단점은 남들 쉴 때 일하는 것이고, 가장 큰 장점은 남들 일할 때 쉰다는 것이다. 교대 근무자에게 공휴일이나 명절은 화장실의 빈 휴지 심 만큼이나 아무 의미 없으며 한글날이 공휴일로 재지정되었다는 뉴스에 일희일비할 필요도 없다. 나의 근무표에 적힌 휴무가 곧 공휴일이다. 여기에 익숙해지다 보니 오늘 출근길에 차가 왜 이리 밀리지 싶으면 황금연휴고 뭐 그렇다.

나의 당직 근무는 보통 오전 9시에 끝나는데, 장거리 출퇴근자라 집에 도착하면 10시, 늦으면 11시다. 그러면 잠시 휴식을 취하면서 점심에 뭘 먹을지 고민한다. 사실 고민이 무색하게 늘 집 근처 백화점 푸드코트로 가긴 하지만. 내부 매장 중에서 가는 곳도 십중팔구 같다. 샤부샤부 가게. 일단 맛있고, 든든하고, 무엇보다 혼자 먹기 편하다는 삼박자를 골고루 갖추고 있으니 오늘은 다른 걸 먹자 해도 샤부샤부 육수 냄새를 맡으면 파블로프의 개처럼 같은 가게로 향하는 자신을 발견하고 만다.

좌석 간 거리 두기를 최소화한 인테리어가 기본값이 된 샤부샤부 가게에서 혼자 밥을 먹다 보면 양쪽에 주파수가 다른 라디오를 켜놓은 것처럼 타인의 무분별한 정보가 쏟아져 들어온다. 그래서 본의 아니게 옆자리 손님의 직장부터 현재 고민, 함께 온 사람과의 관계까지 구구절절 알게 되는데 장소팔과 고춘자의 만담을 듣는 것처럼 흥미롭다.

저보다 한참 어린 여자 친구와 방문한 어떤 남자는, 여자 친구에게 자신이 아침밥을 못 챙겨 먹고 다닌다는 얘기를 내가 밥을 다 먹을 때까지 반복했다. 먹는 속도가 어찌나 빠른지, '엄마가 아침밥 차려주는 데 노동력을 쓰지 않는다'는 말을 장황하게 하면서도 자신의 뚝배기는 10분 만에 해치워버렸다. 여자 친구는 결국 자기 몫의 반 가까이를 그 남자에게 뺏기고 말았다. 남자는 여자 친구 몫의 음식까지 우적우적 먹으면서 결혼하면 아침밥 차려줄 거냐고 물은 이후엔 이런 백화점에서 혼자 밥 먹는 사람이 너무 불쌍한 것 같다며 자신이 측은지심을 가진 남자라는 점을 적극 어필하기 시작했다. 태어나서 혼자 밥을 먹어본 적이 한 번도 없단다. 사지 멀쩡한 성인이 밖에서 스스로 끼니 하나 해결하지 못한다는 고백이 진정 플러스 요인으로 작용할 거라고 생각한 걸까? 나는 그날 소고기 한 접시를 더 추가해 먹었다.

며칠 전에는 옆자리에 앉은 중년의 어머님께서 이 식당은 밑반찬이 하나같이 짜다며 손사래를 치고는, 맵고 짠 걸 먹으면 성인병에 걸려 일찍 죽어버릴 거라는 무시무시한 말을 무심하게 쏟았다. 그 얘기를 듣고 나의 밥상을 살펴보니 나는 그분이 하지 말라는 짓만 골라 하고 있었다. 맵고 짠 걸 먹으면 안 된다고 했는데 나는 다진 청양고추 한 접시를 그대로 육수에 투하하는 것도 모자라 소금과 후추도 팍팍 쳐 먹었다. 게다가 그분이 너무 짜다며 멀리 치워버린 양파장아찌는 리필도 했다. 나이가 들수록 소식해야 한다는 말에 도전이라도 하듯 공깃밥까지 추가해 화끈하게 말아 먹었다. 짜게 먹은 걸 희석시키려고 생수를 1리터 가까이 마셨지만 몸 안에서 조화롭게 섞일지는 의문이다.

그 외에도 많은 이야기를 듣는데, 내가 백화점 푸드코트에 방문하는 시간대의 주 고객은 주부층이어서 남몰래 주워 담았던 이야기보따리 안에는 그들의 비중이 많다. 결혼과 육아라는, 내가 경험한 적 없고 예상하건대 앞으로도 겪을 일 없는 분야에서 각자의 방식으로 고군분투하는 주부들의 이야기는 흥미로우면서도 답답한 현실에 목이 막힐 때가 많다. 그래도 나에게 할당된 샤부샤부 냄비는 싹 비웠다. 어쨌든 먹어야지. 먹어야 힘을 낼 수 있으니까. 문제에서 도망가든 맞짱을 뜨든 힘이 있어야 하고, 한국인은 밥심으로 사니까. 저마다의 사연을 가지고 착석한 주부들의 얼굴에서 전업주부로 살아가는 우리 언니의 얼굴이 겹쳐 보인다. 언니도 지금 이 순간

어딘가에서 맘 맞는 동네 맘들과 가볍게 점심 한 끼 하며 세상 누구보다도 남편이 제일 알아주지 않을 고충을 나누고 있을지 모르겠다. 부디 맛있는 한 끼 되기를. 소고기나 칼국수 면을 추가하고 싶다면 아무런 거침없이 추가해 먹을 수 있기를. 아이 스케줄 때문에, 개인적인 고민 때문에, 가정에서의 속상함 때문에 맘 졸이지 않는 한 끼 되기를. 졸이는 건 샤부샤부 국물만으로 충분하니까.

다짜고짜 뭐 먹을 거냐니

야, 원도야, 오늘 점심은 네가 정해라. 뭐 먹을래? 하하하. 그러게요. 뭐 먹지. 주임님 뭐 드시고 싶으세요? 11시 30분을 기점으로 들이닥치는 질문은 항상 같은 식이고 그에 대한 나의 대답도 항상 같다. 언제나 똑같은 대화가 반복되지만 발전이라곤 하지 않는 신기한 도돌이표. 한 번쯤은 다른 질문을 듣거나 내가 다른 대답을 할법도 한데 서로 배려라도 하듯이 그러지 않는다. 이것이 원만한 직장 생활의 비결이라면 비결이라 할 수 있으려나. 다짜고짜 뭐 먹을 거냐는 질문으로 시작해서 물에 젖은 잠자리 날개처럼 입가를 파르르 떨며 억지웃음을 짓다가 이내 시선을 회피하기까지, 리드미컬한 움직임엔

태클이 들어올 틈이 없다. 우리 사무실의 경우, 점심은 국밥이나 국수류 아니면 중식이다. 언제 신고 출동이 들어올지 모르기 때문에 최대한 후루룩챱챱 먹고 일어날 수 있는 메뉴를 먹는다. 그래서 뭐 먹을 거냐는 질문이 다소 무의미하다.

드라마 속 재벌이 고급 시계를 찬 손을 흔들며 "늘 먹던 걸로요"라고 말하듯, 늘 먹던 메뉴로 정하고 우르르 식당으로 달려가 착석하자마자 짙은 침묵이 깜빡이도 켜지 않고 들어온다. 사실 회사에서 먹는 점심 식사는 가장 친하지 않은 사람들과 먹는 밥이라는 점에서, 때로는 입안 가득 떠 넣는 한 숟갈이 참으로 버겁게 느껴진다. 어떠한 목적 없이, 저마다의 밥벌이를 위해 좁고도 넓은 대한민국을 돌고 돌아 만난 각양각색의 사람들끼리 취향 따위 고려하지 않고 허기를 달래기 위해 허겁지겁 먹는 식사는 얼마나 애석한가. 가지런히 나오는 밑반찬을 서툰 젓가락질로 집어 먹으며 그래도 이런 자리에 구성원으로 참여할 수 있다니 다행이다 싶다가도 정말 허기만 달래고 돌아서야 하는 이 자리가 사뭇 잔인하게 느껴지면서, 나 역시도 회사에서 쓸모를 인정받지 못한다면 내 앞에서 돌아서는 등을 얼마나 많이 보게 될지 가늠해 보게 된다. 송창식 노래 〈고래사냥〉의 가사처럼 보이는 건 모두 돌아앉아 있을까 봐, 그게 퍽 무섭다. 직장에선 밥그릇 지키는 일에, 식당에선 내 몫의 공깃밥을 동료들과 비슷한 시간 내에 해치우는 일에 자주 체기를 느낀다.

식사 자리에서 나눈 알맹이 없는 이야기는 반찬 그릇으로 흩어져버리고, 몇 가지의 반찬을 골고루도 집어 먹은 우리들은 상을 떠나자마자 나눴던 이야기를 잊어버린다. 잊어버린 게 아니다. 까먹어버린 것이다. 냠냠 쩝쩝, 소리를 내가며 야무지게 까먹었다. 그렇게 달랜 허기를 부여잡고 저녁까지 일한다. 일해야만 한다. 나는 나를 먹여 살려야만 한다. 삼등삼등 완행열차를 타고 동해 바다로 떠나고 싶지만 나는 편의 옵션이라곤 없는, 주행거리가 20만 킬로미터를 훌쩍 넘은 스타렉스에 각종 장비와 함께 실려 현장으로 떠나야만 한다. 어른이 되면 해야만 하는 걸 위해서 하고 싶은 것쯤은 손쉽게 참을 줄 알아야 한다. 그럼에도 불구하고 매일 5분이라도 더 자고 싶은 내가, 설사가 급해 이동 수단이 목적지에 도착할 때까지 식은땀을 흘리는 내가, 국밥을 앞에 두고 약국에서 어색한 손짓으로 쌍화탕과 함께 알약을 삼킬 때처럼 뜨거운 국물을 꿀떡꿀떡 삼켜야만 하는 내가 밉다. 내가 있는 이곳은, 동해 바다가 아닌 이곳은, 〈체험 삶의 현장〉처럼 왁자지껄 좌충우돌 같은 뉘앙스의 말이 아니고, 일상 브이로그 같은 달콤한 포장도 아니고, 그저 직장인의 생이다. 건조한 하나의 단어가 많은 모습을 아우른다.

식사 후 사무실 자리에 곧바로 앉는 내게 아직 어려서 소화가 잘된다고 부러워하는 선배들. 자신들은 바로 앉으면 속이 더부룩해져 힘들단다. 그러고 보니 다들 손에 믹스커피 한 잔을 들고 파고다 공원을 거니는 비둘기처럼 찬찬히 돌아다니고 있다. 삼삼오오 모여 구구구구 떠들기도 하고 혼자만의 시간을 즐기는 사람이 있는가 하면 찰나의 틈을 놓치지 않고 낮잠을 청하는 사람도 있다. 나도 믹스커피를 한 잔 타고 일어선다. 뒤꿈치와 맞닿는 부분이 푹 꺼진 지 오래지만 사무실에서 사용하는 물품에 돈을 들이고 싶지 않아 계속 쓰고 있는 슬리퍼를 끌고 앞마당을 돌아다닌다. 오늘 점심도 이만하면 무난하게 잘 넘겼다. 믹스커피가 아무리 비만과 당뇨 그리고 입 냄새를 유발한다 해도, 각종 스트레스와 만병을 유발

하는 회사를 쉽게 때려치울 수 없는 것처럼 쉽사리 끊기 힘든 하나의 과업이다. 그게 직장인의 생이다. 내일은 내 장국밥 대신 돼지국밥을 먹어야지.

라쿠카라차!

대학교 신입생 OT 때부터 나는 대학 생활에 결코 적
응하지 못할 미래를 직감했다. OT 때 주량을 알지 못하
고 과음을 이어가던 남자 동기가 결국 창문에 대고 구토
를 했는데, 방충망에 의해 토사물의 건더기가 걸러지던
모습을 보고 여기는 내가 있을 곳이 아니라는 판단을 벼
락같이 해버린 것이다. 그로부터 1년 후 휴학계를 제출
한 건 어쩌면, 예상보다 많이 버틴 결과였다. 휴학이었
지만 사실상 자퇴서였다. 이 캠퍼스에 내가 돌아올 날은
두 번 다시 없을 거라는 걸 스스로 너무 잘 알고 있었으
니까. 인생에서 유예기를 맞게 된 그때, 나는 봉사활동이
하고 싶었다. 기왕이면 몇 달간 꾸준히 할 수 있는 장기

적인 활동으로. 연탄 배달을 하고 싶었으나 당시 계절이 뜨거운 여름이었기에 여의치 않아, 나는 집에서 버스로 아홉 정거장 거리에 있는 노인복지시설에서 독거노인분들께 점심 도시락을 배달하는 일을 구했다. 여름에 도시락 들고 뛰려면 땀을 많이 흘리겠거니 생각했지만 웬걸, 땀보단 눈물을 곱절로 흘렸다. 그 이유는 아래와 같다.

　도시락 배달은 구역별로 나뉘어 있었고, 나는 복지사 언니가 모는 도시락과 함께 실려(정말 실린다는 표현만이 적확하다. 30개 가까운 3단 도시락을 쏟지 않고 운반하기 위해선 인간 안전벨트가 되어 도시락 한가운데 앉아 온몸으로 그들을 껴안아야만 했다) 가다가 지급 대상인 어르신 댁 앞에 도착하면 새 도시락을 드리고, 전날 드렸던 도시락은 회수해 오는 식으로 배달을 했다. 전날 도시락을 회수해야만 하는 이유는 시설에서 보유 중인 도시락 통 개수에 한계가 있고, 빠듯한 예산으로는 통 하나하나가 아쉬운 상황이어서다. 이 문장에서 벌써 두 가지 고충이 나타난다. 도시락 지급 대상자로 선정된 독거노인분들은 대부분 차량 접근이 불가능한 달동네나 엘리베이터가 없는 오래된 빌라에 거주하고 계셔서 나는 도시락을 들고 동네방네를 뛰어다녀야 했다. 외관이 거기서 거기인 골목길과 달동네에서 지급 대상인 어르신의 댁 찾기란 지독한 길치인 나에겐 여간 고역이 아니었다. 밥때는 다가오지, 다음 방문 순서도 도미노처럼 밀릴 게 뻔하지, 그럼에도 불구하고 여기가 어딘지는 여전히 오리무중이지……. 양념 반 프라이드 반처럼 얼굴이 눈물 반 땀 반으로 푹 젖은 채 행여 도시락이 쏟아질세라 품에 꼭 안고 사방팔방 뛰어다녔던 게 첫 번째 고충. 심지어 갓 지은 밥과 반찬은 아주 아주 뜨겁다.

두 번째 고충은 도시락 회수인데, 다양한 이유로 힘들었다. 알코올의존이 심했던 어느 할머니는 도시락을 3주 치나 쌓아놓고 절대 돌려주지 않았다. 오늘은 꼭 도시락을 받아 와야 한다는 복지사 언니의 당부를 등에 업은 내가 평소와 달리 물러서지 않자, 화가 난 할머니는 욕설을 하며 나에게 그간 쌓여 있던 3주 치 도시락을 모조리 던지기 시작했다. 음식은 입에도 안 대셨는지, 내가 배달해드렸던 상태 그대로였다. "이년! 네가 밥에 약 탄 걸 모를까 봐? 근데 나보고 이걸 먹으라고? 날 죽이려는 거 내가 모를 줄 알고!" 날것의 욕설을 들으며 도시락과 쏟아진 반찬을 줍는 것보다 슬펐던 건, 시설에서 애써 준비한 음식이 길바닥에 널브러졌다는 사실이었다. 없는 예산으로 그래도 다 같이 따끈한 끼니라도 먹고 살자고 정성껏 만든 음식인데……. 그리고 상태가 이 지경으로 악화될 때까지 철저하게 혼자셨을 할머니의 시간도……. 류머티즘 관절염에 잠식당한 할머니의 열 손가락은 모두 엇방향으로 뒤틀려 있었다. 뒤틀린 손가락으로 나에게 삿대질을 하는, 성한 이 하나 없이 바싹 말라버린 노인. 그 아래 부서진 채 풍화되어가는 도시락 통과 음식들. 이 장면에 왜 아무도 없었던 걸까, 그전에 숱하게 반복되었던 장면들 사이에서도, 뭐 그런 질문들 말이다.

하반신이 불구인 몸으로 혼자 살던 할아버지도 기억난다. 할아버지는 내가 도시락을 드리기 위해 현관 내부로 들어갈 때마다 고래고래 소리를 질렀다. 원래부터 성격이 괴팍한 편이었는지 복지사 언니에게 물었더니, 과거 참전 용사였는데 전쟁에서 부상을 입고 하반신 불구가 되었다는 뜻밖의 역사를 들었다. 그 사실을 알게 된 후 언젠가, 추가로 지급된 과일을 깜빡해 다시 할아버지

댁에 방문했던 날이다. 문밖에서부터 쿵쿵쿵 소리가 나기에 확인해보니 할아버지가 내가 두고 간 도시락을 향해 기어 오고 계셨다. "이 정도쯤은 나 혼자 할 수 있다고. 거리 얼마나 된다고……" 투덜거리면서. 시간이 빠듯하다는 이유로 혹 당신의 자존심을 상하게 한 건 아닌지, 나의 마음에서도 쿵 소리가 났더랬다. 노약자석에, 공원 벤치에, 혹은 집 안에 멍하니 앉은 노년의 젊은 시절을 내가 뭐라고 감히 예상하고 단정 지었을까. 부끄럽기 짝이 없었다.

영화 세트장이라 해도 믿을 것 같은 흉가에 살던 할머니는 또 어떤가. 처참한 외관만큼 내부의 상황도 열악하긴 마찬가지여서, 이 할머니 댁에서 회수한 통을 씻기 위해 뚜껑을 열 때면 늘 바퀴벌레가 따라 나왔다. 라쿠카라차! 집 천장에서는 줄창 진동이 일었는데 이게 쥐들이 뛰어다니는 소리라는 것도 얼마 후 자연히 알게 되었다. 알고 싶지도 않은 경로로 들어간 벌레들이 남은 음식물과 뒤엉켜 쏟아지는 광경을 보고 있노라면 이런 환경에서 식사를 하고 살아가는 할머니의 건강은 괜찮은 걸까, 질문이 이어졌다. 괜찮을 리 없다는 것쯤은 진즉 알고 있었지만…… 할머니만큼은 예외이길 바랐다.

도시락을 깨끗이 드시고 설거지까지 해서 주시는 할머니가 딱 한 분 계셨는데 이 글에선 야쿠르트 할머니라 부르겠다. 이유는 곧 나온다. 야쿠르트 할머니의 집은 마지막 배달 순서여서 나는 알코올의존증 할머니, 소리 지르는 할아버지, 쥐와 바퀴벌레(라쿠카라차!)가 뛰어다니는 집에 사는 할머니를 거칠 때마다 야쿠르트 할머니를 떠올렸다. 내가 도시락을 들고 가면 꼭 야쿠르트를 쥐여 주시던, 없는 날엔 유리컵에 과일주스를 넘칠 만큼 찰랑찰랑 담아 주시던 할머니를. 땀과 눈물에 젖은 나는 전두엽이 찌릿할 정도로 차가운 음료를 단숨에 들이켜고 그런 나를 할머니가 온화하게 바라봐주시던. 이 모든 풍경이 내 어린 여름날의 초상이었다.

마음이 동하는 한 숟갈

학창 시절 먹던 점심은 늘 허겁지겁이어서 기억도 잘 나지 않는다. 뭐가 그리 급한지 참 많이도 뛰어다녔다. 구직 시절 먹던 점심은 시종일관 씁쓸하고 텁텁했다. 가족들 모두 일하러 간 빈집에서 나는 밥 한 숟갈에 나의 쓸모없음과 반찬 하나에 비관적 전망을 담아 양껏 삼켰다. 목구멍으로 넘기면서도 소화가 되지 않아 배탈을 달고 살았다. 직장인이 되고 먹는 점심이라고 해서 달지는 않았다. 시간에 쫓겨, 윗사람 눈치에 밀려, 실적과 성과 평가에 허덕이며 입에 숟가락을 밀어 넣고 돌아서기 바빴다.

언제 어디서 먹든, 나에게 점심이란 늘 그랬다. 날개를 푸다닥거리는 한 마리의 닭처럼 버둥댔고 여유라곤 내 주식 창의 수익만큼 찾아볼 수 없었으니 급기야 한탄스럽게까지 느껴지는 일정이었다. 이런 이유로 나는 전 국민이 센티해지는 저녁 시간대보다 점심때 더 자주 인생의 의미를 반추해왔다. 이러려고 사는 걸까, 나는. 어쩌면 우리 모두는. 정말이지, 점심이란 슬프지 아니한가. 얼른 포만감을 불러일으키고 영양소도 공급해주는 캡슐, 전자칩, 어쨌거나 미래 식량이 발명되기를. 난 더 이상 이 슬픈 행위를 반복할 자신이 없다고. 여기서 그만 멈추고만 싶다고.

선배가 상을 당해서 회사 사람들끼리 함께 장례식장에 갔던 적이 있다. 거기서 제공해주는 수육과 육개장을 먹으며, 이건 음식이 아니라 죽은 이가 건넌다는 강의 경계가 아닐까 생각했다. 한국 사람은 죽고 나면 육개장으로 이루어진 강을 건너야 하는 건지도 몰랐다. 죽은 자는 남은 자에 의해 절차대로 처리되고, 남은 자는 육개장으로 이루어진 경계에서 음식을 먹으며 나름대로 죽은 자를 기린다. 먹고사는 일은 끝도 없이 단순하다. 잘 먹고 잘 사는 것도 자기만족이라서 어디에 방점을 찍느냐에 따라 천차만별의 삶을 살 수 있다. 그렇다면 나의 방점은 어디 있는 걸까. 마침표를 찍어야 할 곳에 쉼표를 찍고, 물음표를 찍어야 할 곳에 느낌표를, 큰따옴표를 찍어야 할 곳에 작은따옴표를 찍으며 살아온 것은 아니었을까. 그만둬야 할 곳에서 돌아서지 못하고 질질 끌었고, 질문을 던져야 할 곳에서 대답을 얼버무리며 말을 끝맺지 못했으며, 꼭 해야 할 말을 목소리로 뱉지 못하고 마음속으로만 되새기며 나 혼자 듣고 말았다. 밥 먹다 이게 무슨 청승이람. 장례식장 안은 사람으로 붐볐고 일하시는 분들은 상주와 함께 바삐 음식을 날랐다. 선배의 얼굴은 다소 피곤해 보였다. 와줘서 고맙다는 말에 그럴싸한 위안의 답을 건네지 못했다. 그저, 밥 잘 먹고 간다고 했을 뿐이다.

여느 날처럼 인터넷 기사를 새로고침하다가, 굶어 죽은 채 발견된 모녀에 관한 기사를 읽었다. 21세기에도 누군가는, 희귀병이나 교통사고 혹은 범죄 때문이 아니라, 문자 그대로 '굶어 죽고' 있었다. 서울에서 부산까지 40분이면 도착하는 기차가 개발되고 정부가 아닌 민간 회사에서 인공위성을 시도 때도 없이 쏘아 올리는 21세기에. 기술의 발전이 인류의 평등에 기여한 바는 전혀 없지만 그래도 그 간극이 너무 컸다. 인류의 역사가 이쯤 흘렀으면 이제 이런 일, 그러니까 먹을 것이 없어 '굶어 죽는' 일은 종식되어야 하는 거 아닌가.

마음이 동해서 식사를 하는 일은 지금도 아주 드물다. 배가 고프니까, 자꾸 배에서 소리가 나니까, 차량 계기판에 뜬 잔류 연료 경고등을 보고서야 주유소를 찾듯 그제야 뭐 먹을 게 없나, 하면서 냉장고를 뒤적거린다. 그럼에도 모녀의 기사를 본 날엔 평소보다 몇 숟갈 더 먹었다. 남의 고통을 거울 삼아 내 인생을 반성하거나 위안 삼는 저급한 일을 한 건 아니다. 단지, 그날은 잘 먹어야 할 것 같았다. 그래야 건전한 생각을 이어갈 수 있을 것 같아서다.

나는 오늘도 점심을 먹었고 내일도 먹을 것이며 모레도 먹어야만 할 것이다. 하지만 먹어야만 하는 밥은 싫다. 진정으로 마음이 동해서 숟가락과 젓가락을 바삐 놀리고 싶다. 식사가 즐거워지고 음식을 감사히 여겼으면 좋겠다. 끼니를 때우는 게 아니라 잘 먹고 잘 살고 있다는 포만감을 진심으로 만끽했으면 좋겠다. 내가, 우리 모두가.

이
훤

사진가이자 시인이다. 텍스트와 사진으로
이야기를 만들며 주로 소외-분리-고립 사
이에서 일어나는 감정에 주목한다. 2014년
〈문학과 의식〉에 〈꼬릴 먹는 꼬리〉 외 네 편
의 시를 발표하며 작품 활동을 시작했다. 시
집 《우리 너무 절박해지지 말아요》와 사진
산문집 《당신의 정면과 나의 정면이 반대로
움직일 때》 등 네 권의 책을 쓰고 찍었다. 미
국 시카고를 기반으로 크고 작은 개인전 및
공동전에 참여하며 사진가로서도 활동을 이
어가고 있다. 에이비에리 갤러리와 브로드
매거진 등에서 개인전 〈Tell Them I Said
Hello〉와 〈We Meet in the Past Tense〉
등을 가졌고, 하이뮤지엄(High Museum)의
사진 큐레이터 세라 케널(Sarah Kennel), 매
그넘 사진 에이전시(Magnum Photography
Agency)의 사진가 브루스 길더(Bruce Gilder),
에프럼 젤로니 민델(Efrem Zelony-Mindell)
등이 큐레이팅한 공동전에 참여했다. 큐레
이터 메리 스탠리(Mary Stanley)가 선정한 주
목해야 할 젊은 사진가 중 한 명으로 선정되
기도 했다.

거의 점심

새벽 4시였나. 해 뜰 무렵 겨우 발송 버튼을 누르고 쓰러지듯 잠들었다. 배터리가 다 된 무선마우스처럼. 움직이지도 않고 한 자세로 누워 있다가 눈을 떴다. 불안함이 몰려온다. 벌써 대낮 같다는 느낌. 전화기를 보니

11시 40분.

점심이다.

커튼을 열자 창 너머로 아무것도 보이지 않는다. 새벽에 보지 못한 희뿌연 안개가 모든 걸 뒤덮었다. 세상도

나와 같이 잠들어 있었나. 정오가 가까운데 이제 슬슬 깨야지. 잠깐만. 저기 바닥을 뒤덮고 있는 게 전부 비야?

그때 전화기에서 기분 나쁘고 요란한 신호음이 들려온다.

TORNADO WARNING
(토네이도 주의)

갑자기 토네이도가 몰려온다고? 베란다 문을 열자 눈 뜨기 어려울 만큼 센 바람이 안경을 때린다. 몇 가구는 베란다에 나와 수심 깊은 표정을 하며 간이 테이블과 의자를 접고 있다. 날아가 창을 깰 수 있기 때문이다. 시카고에는 그런 바람이 분다. 빛이 부족하다고 늘 불안한 건 아닌데 이번 태풍은 그런데 어딘가 두렵다. 늦게 잠들었다 깨서 그런가.

비가 바람에 날려 얼굴에 기분 나쁠 만큼만 묻는다. 젖는 건 아닌데 세세히 느껴질 만큼. 주차장에서는 어느 자동차의 경고음이 갑자기 울리기 시작한다. 점심 12시

인데 빛은 하나도 없고 흡사 재난영화의 복선 같은 광경
앞에 나는 조금 초조해진다.

　미리 사둔 음식이 있나? 라면이나 햇반이나 통조림
같은 가공식품을 좀 미리 사둘걸. 야채를 오래 못 먹으면
영양결핍이 될 텐데. 멀티비타민을 왕창 주문해둘걸. 전
기가 나가면 어떡하지. 집에 양초가 몇 개 없는데. 너무
높은 곳이라 엘리베이터가 고장 나면 어디 가지도 못할
거야. 스물몇 층을 걸어 내려가다 다리에 힘이 풀리고 말
거야. 주저앉다가 가방에 넣어둔 귀중품들이 계단을 따
라 쏟아지고 휴대폰 액정이 깨지면 놀라서 당황하는 바
람에 결정적인 물건 중 하나를 거기 두고 오고 말 거야.
안 돼. 침착해야 돼.

　다급하게 비상용 음식을 꺼내 테이블에 둔다.

　후두두두두. 후두두두.

　창문이 위태롭게 흔들린다. 이내 금이라도 갈 것
같다.

진작에 보고 싶은 사람들 많이 만나둘걸. 이야기해둘걸. 시차 때문에 그들에게 아직 전화를 걸지 못한다. 거긴 아직 깊은 새벽.

혹시나 이런 불상사 때문에 아무 인사도 못 하고 떠날까 봐 작년에 LAST LETTER(마지막 편지)라는 유언 비슷한 인사를 홈페이지에 적어두었다. 말없이 떠나는 게 싫어 써두었던 건데 누군가에게는 인사가 될 거다. 마지막 안부에서조차 일 이야기만 하고 있는 나를 발견하고 정말로 그간 일에만 골몰했음을 깨닫는다. 이 태풍을 잘 이겨낸다면 반드시 작고 귀중한 것들을 아끼며 살리라, 하고 다짐을 하지만 돌아간대도 나는 무언가 만드는 데 바쁜 삶을 살 것 같다.

모자이크 처리를 한 것처럼 크고 작은 빗방울이 창에 달라붙어 있다. 창문이 쪼개진 형상이다. 정말 깨지고 있나? 아직 시간이 있다. 떠오르는 사람들에게 메시지를 쓴다.

"네 시선은 넓고 너그러워서 나도 많이 움직였다."

"처음을 함께해주어 고마워요."

"덕분에 나를 조금 더 믿을 수 있었어."

전송 완료.

메시지를 거의 다 보내었는데 아주 가까이서 굉음이 들린다. 베란다 창이 줄지어 깨진다. 와장창 파편들이 안으로 쏟아진다. 비바람과 온갖 구름 냄새가 순식간에 집을 덮치는데 나는 예감하는 것이다. 아, 이게 마지막이구나. 이유 모를 안도감도 든다. 충분히 쏟았기 때문이려나. 착각일지도 모른다. 중심을 잃으며 혼돈 속에 몸을 놓치자 길고 긴 어두운 차원 밑으로 떨어진다. 손에 잡히는 것도 보이는 것도 없다. 진공상태 같다. 몸이 추락할수록 아무것도 느낄 수 없고. 아래로는 어둡고 넓고 둥근 암흑이. 저 위로는 선명한 빛이 비치고 있다.

살기 위해 손을 힘껏 뻗는다. 손목에 잔뜩 힘을 주며 눈을 뜬다.

고요하다.

천장.

천

장.

옆 사람이 새근새근 자고 있다.

커튼 사이로 가늘지만 또렷한 빛이 멈춰 있다. 실같이. 계속해서 들어오는 중이다. 계속 움직이는 것들은 멈춘 것처럼 보이기도 한다.

눈을 거의 뜨지 않은 채로 손을 뻗는다. 집히는 대로 전화기를 집어 든다.

11시 33분.

아직 점심이다.

어느 개인의 점심 변천사

점심이 내게 갖는 의미는 몇 년에 한 번씩 변했다. 주기가 있었던 건 아니고. 그 시절 내가 가장 지키고 싶던 일이 어디 머무느냐에 따라 자연스레 움직였다.

시간이 갖는 의미가 어느 시절에는 크지 않았다. 학생일 때의 이야기다. 강렬하게 되고 싶은 무언가도 취하고 싶은 푯대도 없었다. 그리 많은 시간이 필요하지 않았다. 내일도 내일모레도 시간은 충분히 남아 있을 것 같았다. 부재한 건 동기였다. 날 움직이게 만들 이유가 필요했다. 정확한 의지가 필요했다. 세계가 불확실하다고 느꼈고 무얼 하고 싶은지 모르는 나 또한 불안하게 느껴졌다. 안으로 붙잡을 수 있는 무언가가 필요했다. 신념, 정체성 같은 말에 골몰했지만 찾지 못했다. 점심시간은 식사를 위한 시간에 그쳤다. 존재하는 이유를 먼저 알고 싶었다. 점심마다 주어지는 한 시간보다 절실한 게 많다 느꼈다.

대학을 졸업하고 폿대를 갖게 됐다. 글 쓰는 일을 업으로 삼고 싶었다. 기계공학을 공부한 내겐 취미로 읽고 쓴 시간밖에 없었는데. 그래도 괜찮을까. 시간이 부족하지 않을까. 스물넷의 나는 조바심이 나기 시작했다. 시간은 무한히 주어지는 비물질 같았는데 갑자기 절실해졌다. 동기들은 이미 저들의 업을 찾아 나섰고 나만 처음부터 시작하는 거라 생각했다. 5년의 시간을 잃었다고 생각했다. 당시 작품 활동을 하기 위해 등단은 필수처럼 여겨졌고 타국에서 한글로 쓰기 위해서는 할 일이 많았다. 시간은 갑자기 나에게 가장 중요한 것이 되었다.

그간 쓴 산문을 들고 찾아간 잡지사에서 운 좋게 보조 에디터로 채용됐다. 열심히 했다. 일이 빠르게 늘었다. 저녁까지 인터뷰하고 전사하고 기사 쓰며 다른 누군가의 글 다듬는 일을 했다. 그런데 내 시간이 없었다. 모든 업무가 끝나면 밤이었고 그때에야 무언가를 할 수 있었다. 지금 와 생각해보면 그 업무들은 맞춤법이나 문장구조, 어순 등을 체화(體化)하며 당시 필요했던 바탕을 만드는 일이었지만 그땐 그리 생각 못 했다. 조바심이 났다. 내 문장을 쓸 시간이 필요했다. 처음으로 정체를 만들고 싶어졌기 때문이다. 밤이 되면 방해받지 않았다. 좋아하는 시집과 인터뷰와 산문집을 새벽까지 읽었다. 쓰는 사람이 되기 위한 준비를 그렇게 4년 가까이 했다. 아침부터 늦은 새벽까지 직장에서 읽고 쓰고 집에 온 뒤에도 썼는데 괜찮았다. 주말도 없었는데. 좋았다. 시간이 지나자 몸이 버거워하기 시작했다. 잠이 모자랐다. 빠듯하게 일어나 달려가기 일쑤였다. 근무하다 졸기도 했다. 수면을 메울 시간은 점심밖에 없었다. 업무로서 말고 읽고 싶어 읽는 시간이 모자랐으므로 집에서 가방 가득 책을 챙겨 나왔다. 호흡을 떼는 읽기의 시간이 필요했다.

점심은 읽기의 시간이 돼주었다. 가장 귀중한 시간이 된 거다. 점심에 주어지는 한 시간을 쪼개 10분에서 15분 정도 낮잠을 자고 남은 40분은 점심을 먹으며 읽고 싶은 글을 읽었다. 달콤했다. 몇 년 전만 해도 점심은 큰 의미 없이 보낸 시간이었는데. 전부 다시 끌어모으고 싶어졌다. 삶은 역시 한 치 앞도 알 수 없다. 그렇게 스물다섯부터 서른 사이의 점심은 들숨의 역할을 했다. 절박했던 내게 그늘을 구비해준 시간이었다.

점차 사진가로서도 일이 늘었다. 시간이 다시 촉박해졌다. 의뢰 작업을 마감하기 바빠 개인 작업 할 시간이 부족했다. 일이 없어도 점심에 찍기 시작했다. 또 한번 점심은 숨의 통로가 되었다. 낮잠을 건너뛰거나 짧은 잠을 자며 카메라를 들고 한 시간 가까이 걸었다. 어떤 날은 동선도 미리 계획해두었다. 퇴근 후에 찍기도 했지만 조금 더 많은 빛을 확보하기 위해 그리고 환기하기 위해 점심마다 그리했다. 일의 연장처럼 느끼지 않았다. 잘 살기 위한 방편이었기 때문이다.

생활인으로서 그리고 작가로서 충분히 시간과 체력을 분배하기 위해선 두세 개의 대낮이 필요하다. 두세 개의 정체를 감당하려면 두세 배의 물리적인 시간이 필요하니까. 그땐 실감하지 못했다. 자주 몰아서 썼고 몸과

맘이 약해지기도 했다. 그나마 매일 점심 한 시간 동안 읽고 쓰고 찍으며 버틸 수 있었다. 돌이켜보면 정말로 하루씩 버티었다고 생각되는데, 한 시간이 우릴 지탱할 수 있다니. 신기한 일이다.

하루 한 시간씩 보낸 지난 10년의 점심은 3650시간이나 된다. 세상에. 3000번 넘게 호흡을 골랐구나. 점심은 생각보다 나에게 각별한 시간이었구나. 이 글을 쓰며 알게 된다. 점심에 대해 이야기하며 이리 뭉클해지는 건 이상한데. 몰아쉬던 숨을 다시 고른다. 나처럼 인내심 부족한 인간이 3000번 넘게 정해진 시간에 같은 일을 해왔다는 게 아무렴 믿기 어렵다. 쓰는 일과 찍는 일이 아니었다면 아마 그리 못 했겠지.

어쩌면 한 시절에서 다른 시절로 넘어가는 동안 견뎌야 했던 얼굴의 수일 것이다.

지금도 점심에 가장 중요한 일들을 한다. 새삼 오랜 나의 일부가 나에게 새겨져 있는 것을 본다.

점심의 의미는 나에게 그렇게 변했다.

이완되기 위해 일부러 숨을 들이켠다. 크게 뱉는다.

쏟기만 하면 우리는 금세 소진되어 남지 않을 테다.

원했던 일을 할 수 있게 됐고 계속하고 있는데 여태 필요 이상으로 분주하다. 편해진 부분도 있으나 어쩐지 이완이 더 어려워진 것 같다. 목표와 성취 사이에서 능동적으로 마구 느슨해지자고 작업 일지에 쓰고 덮는다.

오늘 점심은 낮잠을 건너뛰고 나갈 셈이다. 책도 카메라도 이곳에 두고 목적 없이 거닐다 올 계획이다.

한 개인에게 점심은 또 한번 얼굴을 바꾸고 있다.

볕이 아직 남아 있는

자동차 문을 닫고 허리까지 올라오는 무거운 짐을 성큼성큼 내린다.

우리는 긴 포옹을 나눈다. 서로의 얼굴 앞에 느리고 조용해지는 동안 머리 뒤로 요란스럽게 이륙하는 소리가 들린다. 여행이 시작되었다고 실감한다. 공기와 공기가 부딪치는 소리. 사람이 공기를 밀어내는 소리라 해야 할까?

잘 가!

안녕은 언제나 아쉽다. 큰 트렁크 두 개와 누가 보아도 카메라가 들어 있을 것 같은 가방을 들고 나는 자동문 안으로 부러 더 빨리 들어선다.

귀국하는 길이다.

점심에 이륙하는 걸 선호한다. 혼자 비행할 땐 특히 더 그렇다. 도착했을 때 볕이 있기 때문이다. 처음 들르거나 아주 오랜만인 공간에 내리자마자 아무것도 보이지 않을 땐 조금 더 혼자 같다. 이미 대부분 스스로를 걸어 잠근 뒤이고 그 광경은 내가 타인이라는 사실을 상기시켜준다.

공항은 언제나 그랬듯 사람들을 시작하고 있다. 꽉 잡은 손, 다급하게 고객을 찾는 목소리, 제 키보다 높게 카트를 쌓고 끄는 사람. 여러 광경이 동시에 일어난다. 대체로 정신없다고 느끼지만 그런 분주함에서 혼자가 아님을 환기받기도 한다.

짐을 부치고 보안 검색대로 간다.

이곳 직원은 늘 일부러 무서운 표정을 짓는 건지 본인의 일을 지독히 싫어하는 건지 모르겠다. 컨베이어벨트에 짐을 올린다.

LAPTOPS OUT! CAMERAS OUT!
(노트북 빼고! 카메라 빼세요!)

LAPTOPS OUT! CAMERAS OUT!

LAPTOPS OUT! CAMERAS OUT!

아무 표정 없이 큰 목소리로 직원은 같은 말을 반복한다. 그는 거기 없는 사람 같다. 존재하고 있지만 지금 그는 스스로가 만든 하나의 껍데기일지도 모른다. 페르소나라는 말은 그런 데 어울리지 않으니까 껍데기라고 써둔다. 어쩌면 귀가 후에 아주 정상적으로 인사를 하고 시답잖은 농담을 하며 식사할지도 모를 그를 상상해본다.

노트북과 카메라가 얼마큼 유해한지 의심하지 않을 만큼 서로를 신뢰하는 데서 살고 싶다. 누구도 무서운 표정을 짓지 않아도 될 만큼. 이상적이고 허무맹랑한 생각을 하는 내게 다른 직원은 손을 들어 올린다. 검색대 안으로 끌려가듯 들어간 나는 두 손을 머리 위로 올린다. 엑스레이가 몸을 옆으로 훑으며 지나간다. 신속하게 나는 진단된다.

You can go now.
(이제 가도 좋습니다.)

벨트를 서둘러 허리에 차고 전화기와 지갑을 익숙하게 주머니에 넣는다.

검색대를 빠져나와 커피와 간식거리를 샀다. 게이트에 앉아 커피를 홀짝인다. 긴장감 도는 수색을 하고 재촉하는 무표정맨의 수속 절차를 마치니 진이 조금 빠진다. 잠시 저를 빠져나간 사람처럼 앉아 있다가 기내에 탑승한다.

기내로 들어서며 이미 앉아 있는 탑승객들과 눈이 마주친다. 그들은 아무 감정 없이 쳐다보는 걸 테지만 밑에서 위로 향하는 눈빛은 늘 어딘가 불친절하게 느껴진다. 그럴 때마다 묻게 된다. 내 눌린 머리 때문일까? 너무 큰 가방 때문일까? 옆에 앉은 배우자로 보이는 사람과 싸워 기분이 좋지 않은 걸까? 이내 자리에 앉는다. 그들의 표정은 이내 잊힌다. 기내에 들어서기까지의 과정만으로 이미 피로하다. 그리고 열세 시간의 비행을 준비한다.

의자를 소독하고 눈앞에 놓인 스크린도 닦고 비행하는 동안 작업하기 위해 노트북과 이어폰 등을 좌석 앞 협소한 공간에 끼워둔다. 아무도 읽지 않는 비상시 대피 정보가 적힌 팸플릿이 들어 있는 그곳이다.

준비를 마치고 안전벨트를 착용하면 이제 여행이 시작된 것 같다. 무언가 본격적으로 해야 할 것 같다. 각성된 상태가 찬찬히 가라앉는다. 느슨해진다. 긴장이 풀리니 허기지다. 갑자기 졸음도 몰려온다.

아직 낮 12시 반이다.

한국으로 향하는 비행기에서 모국의 시간을 생각한다. 거긴 2시겠지. 몇 얼굴이 떠오른다. 마침내 만나겠구나. 전화기와 스크린 너머로만 만나던 이들을 생각하면 애틋한 마음이 치솟기도 한다. 유독 기내에서 그리 느끼는데 비행기는 귀국하는 수단인 동시에 이곳으로 떠나온 방편이기도 해서다. 이륙하는 동안 생각한다. 이번에 헤어지면 또 몇 년 동안 만나지 못할 테지.

약속된 불가능성은 무엇도 당연하지 않게 만든다.

기내에서는 좌석 크기와 탑승 순서 등을 제외하고는 공평해진다. 이방인이든 방문객이든 비행기 안의 질서에 맞춰 존재하게 된다. 이륙 전 좌석 벨트를 착용하고 식사가 나오면 다 함께 식사를 하고 양옆에 하나씩만 있는 창을 공유하며 안과 밖을 가늠할 수 있는 크고 작은 질서. 몸이 겨우 들어가는 화장실에서만 용변을 보며 국적이나 방문 자격만 제외하고 모두가 동일한 외곽 안에서 바다를 건넌다. 경계가 없는 바다 위에서 모두 거의 동일하다는 사실은 어쩐지 고무적이다. 더는 내가 경계인처럼 느껴지지 않는다.

　　타국에 사는 동안 어디에도 없다는 느낌을 받곤 한
다. 여기에도 거기에도 온전히 속하지 못한다는 느낌. 황
인종으로 살다 보면 그 사실을 자주 환기받는다. 타국에
서는 '다른 사람'으로 대우받고 모국에서는 '해외에 사
는 사람'이라고 납작하게 인식되며 이따금 지인에게조
차 이내 떠날 사람으로 비치는 데 익숙해졌다. 모두가 경
계를 잃어버리는 비행기라는 공간은 그래서 어딘가 뭉
클한 구석이 있다. 불이 모두 꺼졌을 때 특히 그렇다. 피
부색이나 표정이나 다른 정보 없이 앞에 놓인 화면만이
우리를 대변한다. 그런 광경은 좀 공평하지 않나. 서로를
모르고도 괜찮을 때. 누구도 구분 짓지 않아도 될 때 왜

인지 조금 안도한다. 아무에게도 보이고 싶지 않은 마음을 우리는 가끔 원하지 않나.

아직 볕이 드는 기내에서 이 글을 쓰고 있다. 다섯 시간의 비행이 남았다.

모국에서는 사람들이 점심 식사를 위해 분주해지고 있겠다. 무엇이 경계의 기준을 정하고 경계인을 경계인으로 만드는가, 와 같은 단상은 잠시 접어둔다.

창밖으로 보이는 작고 작은 사람들의 움직임을 가만히 본다.

9월

바닥에 쏟아진 빛처럼 사람들이 엘리베이터 밖으로 튕겨 나간다. 흩어진다. 달아나는 것처럼. 우리는 무엇으로부터 달아나는가.

점심이 시작되는 시간이다.

날이 좋다. 날 좋은데 갈 곳이 없다. 사실 시간이 없을 뿐이다. 손전화기를 꺼낸다. 마스크 때문에 얼굴 인식에 매번 실패하는 전화기에게 화내듯 꾹꾹 비밀번호를 누른다. 하소연하고 싶은 건 아닌데 아무런 배려 없이 나만 이야기하고 싶은 날이다. 그게 하소연인가. 전화할 수 있는 사람은 많은데 왜인지 누구에게도 걸고 싶지 않다.

그냥 혼자 밥을 먹으러 간다.

　　침묵을 하나둘 수저로 뜨며 사람들이 들어오고 빠져나가는 것을 본다. 분주하구나. 우리는. 이곳에서 산다는 행위는. 숨과 숨 사이의 간격을 고루 들으며 식사를 마친다. 수저를 내려놓는다. 다 먹은 그릇의 바닥을 보며 이어폰을 귀에서 뺀다. 소리 없던 세계의 볼륨이 빠르게 늘어난다. 음악이 사라지니 이곳은 다른 속도로 돌아가는 듯하다. 접시 없는 소리. 여기저기 들리는 수저와 젓가락 부딪치는 소리. 계산하기 위해 일어서는 누군가의 의자 빼는 소리. 듣고 싶지 않을 땐 이런 배경이 전부 소음 같은데, 이런 날은 내가 혼자가 아니라고 해주는 것 같다.

　　이따금 필요한 환기다.

　　요즘 무척 바쁜데 자꾸 더 바빠지길 원하는 것 같다. 생각해보면 그런 데 휘어 있는 동기가 있다. 나를 오해한 누군가에게 무언가 증명해 보인다거나 실제 나보다 더 커 보이려고 애쓴다거나 하는 마음 말이다. 한참 씨름하다 보면 결국 구부러진 나를 맞닥뜨리는 그곳. 실재하지 않지만 진짜라고 착각하는 열망 같은 거. 누군가를 탓하기는 쉽지만 (그리고 탓하기도 하지만) 거기서 그치지 않는 선택은 중요하다. 다독이는 의지와 정직해지는 용기 모두 우리가 건강해지기 위해 필요하다.

　바깥으로 선 날을 모은다. 꺼내지 않고 거기에 둔다. 지나간 마음을 다시 읽는다.
　일인칭으로 부지런해지는 순간이다.

　억지로라도 등을 펴보면 알게 된다. 움츠러들어 있구나. 견제와 시기 때문에 지쳐 있구나. 들을 의지 없는 사람을 대면하느라 날카로운 말이 쌓여 있구나. 내 안에 자리한 그늘을 본다. 부끄럽다. 남의 떡이 더 커 보이는 것도 사실이지만 늘 가장 커 보이는 건 나의 들보다. 수치스럽지만 계속 본다. 자꾸 쳐다보면 좀 둔해진다. 모난 나 또한 수긍해주는 연습. 스스로에게 뾰족해지지 말자.

　혼자 말하고 듣는 건 괴롭지만 그만큼 효과적이다. 효과적인 회복의 방식. 바람 빠진 풍선처럼 몸에 힘을 뺀다. 다시 숨을 들이켠다. 안도된다. 약해지기로 하면 힘을 주지 않아도 설 수 있다.

볕이 좋은, 화창한 대낮에도 그런 대면이 이루어질 수 있다.

서른이 지나면 아주 건강하고 성숙한 어른이 돼 있을 줄 알았는데, 여태 나는 타자와도 스스로와도 건강해지는 방편을 연습하고 있다.

손전화기를 가방에 넣는다. 벤치에 앉는다. 가만히 지나가는 사람들을 본다. 빈 표정으로.

저마다의 볼륨으로 각자의 오늘을 살고 있다. 한두 마디씩 들리는 사연과 이야기. 날씨, 공휴일 연차, 마감일, 티브이 프로그램, 이러저러한 서운함 같은. 만난 적 없는 누군가의 삶에 입장한다. 또 다른 형태의 대면이다. 그들의 이야기가 나에게 어떤 위로도 주지 못하지만 누군가 치열해지거나 느슨해지기로 하는 모습을 한참 보고 있으면 왜인지 조금 괜찮아진다. 완전한 타인이어서 가능한 일일는지 모른다.

서로가 모르게 서로에게 이로운 날도 있다.

점심이 거의 끝나간다. 이제는 누굴 만나도 괜찮을 것 같다. 만날 수 없는 거리에 머무는 친구의 얼굴을 떠올린다. 그곳 당신의 속도와 기후는 어떨까.

대낮 한가운데로 빛이 후두두 쏟아진다.

예약되지 않은

점심에는 마침내 타이어를 교체하러 시외로 향했다.

며칠 내내 대시보드 위 빨갛게 깜빡이는 등이 계속 신경 쓰였다. 자동차가 발바닥이 아프다고, 더 정확히 말하자면 타이어 압력이 낮다고 신호를 보내는 거다.

겨울에서 봄으로 넘어갈 즈음 일교차가 워낙 커서 타이어 등이 자주 들어왔다 꺼지는데 언제부턴가 계속 켜져 있다. 시동을 걸다 슬슬 걱정이 된다. 어제 본 드라마에서는 어느 남자가 시동을 켜자마자 차가 폭발하는 장면이 나왔다.

어쩌면 나도 언제 주저앉을지 모르는 시한폭탄에 탑승해 있는 것일지도.

아직 폭발하지 않은 내 차가 정체된 도로 한가운데서 있다.

또 사고가 났구나. 애틀랜타를 지나는 고속도로 I-85에는 사고가 잦다. 난폭하게 운전하는 사람이 많아 운전할 때 경각심이 없으면 큰일 날 수 있다. 무뎌지지 않는 미움이 있다. 도로 위에서 무례한 이들은 정말 매번 원망스럽다. 그러다 타인도 당신도 크게 다칠 수 있다고! 마음 안쪽으로 소리친다. 그러나 운 나쁘면 내가 타고 있는 이 차의 한쪽 바퀴가 뻥 하는 소리와 함께 먼저 터져버릴 수도 있다. 그들에게 타이어 파편이 날아갈 수도.

주님 도와주세요. 급히 기도한다.
원망을 멈춘다.

누구도 다치지 않고 가게에 도착했다. 다만 차가 막

혀 예약 시간보다 3분 늦게 도착했다. 투박하게 생긴 표지판 위에 새파란 폰트로 적힌 거대한 글자가 눈에 들어온다. 고객에게 소리치는 것 같다.

RESERVED CUSTOMERS HERE!
(예약 손님, 차 여기 대세요!)

그곳으로 가 직원분께 예약 시간과 차 번호를 알려드렸는데 쌀쌀맞은 표정이 돌아온다.

예약 시간이 지나 오늘은 이용하실 수 없습니다. 전부 다 찼어요. 주차장에 저 차들 보이시죠? 다 기다리는 차예요.

3분 늦었는데…… 너무한 거 아닌가.
무거운 몸을 끌고 40분 가까이 운전해서 왔는데 힘이 빠졌다.
조금만 더 일찍 나올걸. 매일 다짐하는 5분 일찍은 왜 이렇게 어려울까. 나보다 앞서는 게 이리도 어렵다.

사실 요즘 자주 늦는다. 신경 쓸 일은 많고 몸은 하나인데 꼭 중요한 일은 한꺼번에 일어난다(라 쓰고 합리화하지만 사실 내 부족함이다).

　저녁엔 몸이 모자라 글이 잘 써지지 않고. 아침에 작업하는 루틴으로 근래 다시 바꾸었다. 원래 야행성이지만 아침에 쓰면 조금 더 투과가 잘되는 것 같다. 그러나 어떤 아침엔, 오래 붙들고 있다가 겨우 갈피 잡힐 즈음 다음 약속이나 미팅으로 향해야 한다. 사실 오늘도 그랬다.

　지금 쓰지 않으면 희끄무레하게 도착해 있는 글감마저 안개처럼 걷혀버릴 걸 아는데. 제발. 30분만 더⋯⋯.

　〈맨 인 블랙〉에 나왔던 시간을 멈추는 기기를 이럴 때 쓸 수도 있었겠지. 수많은 마감인이 거금을 들여서라도 하나씩 구매할 것이다. 몽상하는 동안에도 허겁지겁 키보드를 누른다. 뼈대만 메모해두고 부랴부랴 뛰쳐나가는 날들.

　그랬다. 조금 전 아침에도.

　왜 늦었는지 이미 다 안다는 듯 직원의 얼굴은 미동도 않는다.

단호함에 잠시 말을 잇지 못했다. 표정이 없기 때문에 상처받기도 한다. 어쩌면 화난 게 아니라 마스크 때문일지도 모른다. 그런 식으로 스스로를 보호한다.

　　정비소를 빠져나온다.

　　팬데믹 때문에 마스크를 끼고 생활한 지 벌써 1년이 지났다. 코 위로만 얼굴이 보이는데 그게 차갑다고 느낄 때가 있다. 무엇으로도 가리지 않은 표정이 그립다. 안전을 위한 방편이니까 수긍하기로 하지만 요즘 마스크만 쓰면 숨이 막힌다. 무의식중에 단절돼야만 살 수 있다는 은유처럼 다가오고 반복되어서. 한때 나는 눈빛이 거의 모든 감정을 건넨다고 생각했다. 이제는 아니다. 눈매만 보고 정확하게 어떤 감정인지 헤아리기 어렵다는 걸 몸으로 먼저 배우고 있다. 지난 열두 달 동안 학습 중이다.

　　예약제로 운영하지 않는 다른 정비소를 한참 찾다 그냥 집에 돌아왔다. 어렵게 외출한 날이었는데.

　　타이어 하나 바꾸는 것도 실패하는 서른셋이 되었구

나. 괜히 모진 말을 한다.

어떤 시절에 삶은 끝까지 기다려주는 친구 같았는데 요즘은 고속도로 휴게소 목전 같다. 여차하면 날 두고 자기 자리로 모두 떠날 것 같다. 혼자 거기 남겨질 것 같다.

비단 타이어 이야기만은 아니다. 평소 마음 써야 할 곳이 늘었다. 한 성인으로서 감당해야 할 온갖 감정의 뭉텅이와 청구서, 그리고 대응해야 하는 메일과 자잘한 전화들. 하물며 매일 감당할 식사와 접시 수도 너무 많다. 장을 보고 진료를 다녀오고 사람을 챙기는 것까지. 이 정도는 다들 별문제 없이 해내는지. 날 제외한 모두가 잘 감당하는 듯 보인다(트위터를 보면 거의 다 실패하는 듯 보인다). 가끔 아직도 스물몇에 박제돼 있는 것 같다.

당신의 점심은 괜찮은지.
삶이 당신을 지나는, 아니 당신이 삶에 들어서는 속도는 수월한지.

귀가하자마자 마스크를 벗고 소파에 털썩 앉는다.

낡은 나를 갈아 끼우고 맞은편 거울 속 내 눈빛을 본다. 그는 생각보다 멀쩡해 보인다. 사실은 아무 일도 없이 잘 살고 있는 것이기도 하다.

이름이 불리지도 않았는데, 한낮에 예약되지 않은 대화가 시작된다.

정
지
돈

소설가.

2013년 〈문학과사회〉 신인문학상을 수상하
며 소설을 발표하기 시작했다. 소설집 《내가
싸우듯이》, 《우리는 다른 사람들의 기억에
서 살 것이다》, 《농담을 싫어하는 사람들》,
중편소설 《야간 경비원의 일기》, 장편소설
《작은 겁쟁이 겁쟁이 새로운 파티》, 《모든
것은 영원했다》, 산문집 《문학의 기쁨》(공
저), 《영화와 시》 등을 썼다. 2015년 젊은작
가상 대상, 2016년 문지문학상을 수상했다.
2018년 베니스 건축 비엔날레 한국관 작가
로 참여했다.

치과는 부르주아의 것

매복 사랑니라는 게 왜 있는지 모르겠다. 사랑을 아는 나이에 나는 이라고 해서 사랑니라고 한다는데 대부분의 사람들은 사랑니를 뽑을 때까지도 사랑이 뭔지 모르는 것 같다. 물론 나도 다를 바 없다. 영어권 국가에서는 위즈덤 투스(wisdom tooth)라고 하고 프랑스에서는 당드사제스(dent de sagesse)라고 하며 중국에서는 지치(智齒), 베트남에서는 랑꼰완(Răng khôn ngoan)이라고 한다. 지혜의 이, 분별을 할 수 있는 이 따위의 의미로 현명해지는 나이에 나는 이라고 해서 붙은 이름이라고 하지만 이 또한 마찬가지다. 사람들은 현명하지 않다. 나도 역시…….

쓸데없는 걸로 시비 걸려는 게 아니라, 진짜 사랑니라는 것의 존재 이유를 모르겠다. 사용도 안 하고 아프기만 한 이가 왜 존재하는 것일까. 그렇다면 이렇게 이야기해보자. 사랑니는 치과 때문에 존재하는 것이다.

현대사회에 살고 있는 사람들 대부분은 어느 순간 사랑니 뽑는 날을 맞이하며(운이 없는 사람은 매복 사랑니 뽑는 날을) 그때에야 비로소 신자유주의 체제에 적응한 문명인이 되는 거라고.

20년 만에 치과에 간 나를 보고 의사 선생님은 요즘도 이렇게 원시적인 이를 가진 사람이 있다는 사실에 놀랐다. 나로 말할 거 같으면 사랑도, 현명함도 진작에 알았어야 할 나이임에도 사랑니는 네 개 다 모두 그 자리에 있었다(심지어 두 개는 신경과 맞물려 있는 매복 사랑니). 게다가 스케일링이라고는 평생 받아본 적 없으며 양쪽 어금니는 모두 썩거나 부러졌고 그 외에도 충치가 가득했다. 말 그대로 인간 실격이다.

내가 양치를 안 하고 살거나 그런 건 아니다. 하루에 두 번에서 세 번 꼬박꼬박 했지만 삶이 그렇듯, 어떤 노력도 병과 노화를 막을 순 없다. 특히 나처럼 치과 치료에 적의를 갖고 있는 경우에는 더욱 충치를 막을 수 없다.

다시 말해 내가 원시적인 이를 가지고 있는 것은 부르주아와 자본주의 때문이다(라고 해보자). 내가 아는 반체제적이고 저항적인 작가들은 모두 일찍이 이가 빠졌다. 그들은 험한 인생을 살았고 치과 같은 걸 다닐 생각은 꿈에도 하지 않았으며 가지런한 치아를 빛내는 건강한 미소 따위를 증오했다. 어금니가 없는 건 기본이고 심한 경우에는 앞니도 빠진 채로 그냥 다녔다. 남미의 작가 로베르토 볼라뇨는 마흔에 이미 틀니를 했다고 한다(그는 쉰 살에 간경화로 죽었다).

지인들은 치과와 관련해서 이런 말을 주저리주저리 늘어놓는 나를 중2병 환자라고 생각한다. 보기 싫은 건 둘째 치고 이가 아프지 않느냐는 것이다. 대체 예술이 뭐고 반체제가 뭐길래, 심지어 그게 치과와 무슨 상관이길래 이가 썩어서 부러질 때까지 치과를 가지 않느냐는 것이다(물론 내가 정말 반체제적인지에 대해서는 다른 차원의 논의가 필요하다).

아무튼 고로 나는 수많은 논쟁 끝에 치과에 (끌려)갔고 매복 사랑니를 뽑았으며 썩은 어금니도 뽑았다. 각고의 나날이었다고 하고 싶지만 공포의 사랑니 뽑기는 예상보다 시시하게 끝났다. 웹을 떠돌아다니는 후기에는

사랑니를 뽑다가 병원에 입원하고 생명을 잃고 얼굴 골
격이 망가지고 못해도 사흘 밤낮 고열과 통증에 시달렸
다고 하는데, 나는 잠만 잘 잤다.

그리고 나는 깨달았다. 이 모든 게 일종의 과장, 수
사, 담론이라는 사실을. 가지런한 이를 자본주의와 마케
팅, 가식적인 부르주아들의 상징이자 거대 기업과 국가
가 획책한 의료 산업 메커니즘의 음모라고 생각하는 것
은 일부 사실이기는 하지만, 사랑니를 뽑아도 아프지 않
은 사람이 존재하는 것처럼(아픈 사람도 존재하는 것처럼)
우리의 인식이 곧 사랑니를 만든다는 사실을, 우리의 인
식이 건치와 반체제의 불화를 야기하며, 우리의 인식이
신체와 사회와 제도를 기묘한 방식으로 엮는다는 사실
을 말이다.

아무튼 그럼에도 나는 가지런한 치아가 싫다. 가지
런한 치아는 뭔가 인조인간, 부동산 광고 속에 나오는 포
토샵형 인간을 떠올리게 해서 싫은 게 아니라 이병헌을
떠올리게 해서 싫다. 그렇다고 내가 배우 이병헌이나 인
간 이병헌을 싫어한다는 의미는 아니다. 단지 그렇다는
것이다. 나의 왜곡된 인식 속에서 말이다…….

몸이 예전 같지 않다

나이가 들수록 운동의 필요성을 느낀다. 체력이 예전 같지 않고 집중력도 예전 같지 않고 군살도 붙고 틈만 나면 눕고 싶다. 지인들도 운동의 필요성을 느끼는지 어느 날부터 만나면 늘 이제 운동해야 되는데, 운동 시작했어, 요즘 무슨 운동해? 같은 이야기를 주고받는다. 나는 그럴 때마다 말한다. 헬스 시작했어! 오, 며칠 됐는데? 일주일……. 안타까운 건 내 대답이 늘 일주일이라는 사실이다. 한 번도 일주일 이상 지속해본 적이 없으니…….

운동을 하지 않는 건 현대사회의 건강한 시민으로서 결격사유다. 사람들은 다양한 운동을 한다. 인스타그램에는 인간의 몸이라고 여겨지지 않는 몸을 가진 사람들이 수두룩하고 직장인들은 클럽을 만들어 주말마다 조깅을 하고 분기별로 마라톤 대회에 나간다. 요가나 필라테스, 축구, 야구, 수영 같은 운동뿐만 아니라 볼더링이나 주짓수 같은 걸 하는 친구도 있다. 아크테릭스나 살로몬 같은 등산복 브랜드로 중무장하고 겨울 산을 오르는 친구들도 있다(물론 이 친구들의 목적이 산인지 등산복인지는 의문스럽지만). 지인들은 아무 운동도 하지 않는 나 같은 사람을 보면 종종 측은해하거나 한심해한다.

나도 내가 한심하다. 왜 운동 안 해? 그러니까 우울한 거야! 미시마 유키오가 말했잖아. 다자이 오사무가 꾸준한 운동과 냉수 목욕만 했어도 자살 같은 건 안 했을 거라고!! 그러니 당장 침대에서 일어나. 오늘부터 운동을 시작하자!

그러나 미시마 유키오도 자살한 건 마찬가지다. 사실상 그의 저 유명한 말은 그가 즐겨 사용하는 과장법에 가깝다. 그는 운동과 육체에 집착했는데 이것 또한 우울증에 버금가는 일종의 병임을 내심 눈치채고 있었던 것 같다.

자, 그러니까 요즘 드는 생각은 정말 운동이 우리를 건강하게 할까, 라는 점이다. 건전한 육체에 건전한 정신. 그게 사실일까? 운동선수가 아닌 사람에게 지속적인 운동을 통한 체력이라는 것이 정말 필요한 걸까. 그냥 걸을 수 있을 정도의 체력만 있으면 되는 것 아닌가.

철학자 문순표는 페터 슬로터다이크의 책 《너는 너의 삶을 바꿔야 한다》 해제에 이렇게 썼다. "육체가 전적으로 나의 통제에 놓일 수 있다는 오인 자체가 지금 시대가 겪는 병의 증상일 것이다." 그렇다!

운동의 문제는 운동이 스스로를 노력으로 변화시킬 수 있는 개인적인 매체라고 생각하게 만드는 것에 있다. 운동을 지속적으로 하지 않는 사람은 의지 부족이니 뭐니 하는 핀잔을 듣는다. 운동과 신체만큼 정직한 게 없다, 노력한 만큼 결과가 따른다 따위의 말이 뒤따른다. 이거 봐, 이거 봐, 내 안의 근육이 이만큼 자랐어! 몸에 관한 이러한 생각은 좌파나 우파, 진보나 보수 할 것 없이 공통적이다. 과거에 정신을 찬양하고 몸은 경멸하는 풍조가 만연했다면 어느 순간 몸은 자신의 자리를 탈환하다 못해 거의 최종 심급이 된 것 같다.

그러나 현대사회에서 운동은 개인적인 문제가 아니다. 다시 말해 운동에 실패하는 것도, 운동에 성공하는 것도 개인의 자질 유무, 노력 유무, 의지 유무와는 큰 상관이 없을지도 모른다는 말이다.

물론 몸은 중요하다. 그러나 몸과 운동은 사회적인 것이다. 계급과 정체성 따위가 당신의 노력에 결정적인 영향을 끼친다. 매일 조깅을 하고 마라톤 대회에 나가고 싶다고? 경제적인 여유 없이 가능할까? 개천에서 용 나는 시대는 끝났다. 개인의 신체는 사회정치적인 욕망의 흐름 속에 있다. 인스타그램 속의 신체는 개별적이지 않다. 그것은 덩어리다.

그래서 운동을 안 하겠다는 거지? 내 이야기를 들은 친구가 말했다. 결국 이 모든 얘기가 운동을 하지 않는 것에 대한 합리화인 거지?

아니. 나는 친구에게 대답했다. 나, 헬스 시작했어.

오, 며칠 됐는데?

일주일…….

길티 플레저

나는 케이크와 아이스크림을 좋아한다. 디저트류 대부분을 좋아하고 특히 생크림이 들어간 빵이라면 사족을 못 쓴다. 그렇지만 솔직히 말하면 생크림이나 케이크, 아이스크림을 좋아하지 않는다. 유당불내증이 있어 한 입만 먹어도 속이 울렁거리고 소화가 안 된다. 뭐야 무슨 소리야, 좋아한다고 했다가 좋아하지 않는다니, 장난쳐? 라고 생각할지도 모르겠다. 하지만 진심이다. 그리고 사실 많은 사람들이 그럴 거라고 생각한다. 좋은데 싫다, 좋아하는데 좋아하지 않는다.

버터가 들어간 음식을 좋아하는 친구가 있다. 그렇지만 버터가 몸에 맞지 않아 한 입만 먹어도 거대한 뾰루

지가 생긴다. 그래서 친구는 아메리칸 레스토랑 같은 곳에서 버터가 듬뿍 들어간 팬케이크를 시키고 한 입만 먹는다. 너무 아깝고 음식 낭비라는 생각이 들지만, 생각보다 이런 사람은 많다. 단지 몸에 안 좋아서, 다이어트 때문에 뭔가를 조절하는 것이라고 생각해서는 곤란하다. 식탐과 유사한 종류의 욕심 또는 욕망에는 언제나 이러한 감정의 교차가 있다. 다시 말해 좋은데 싫다. 인간이란 왜 이렇게 생겨먹은 걸까. 이런 걸 길티 플레저라고 하면 될까.

어떤 사람들은 길티 플레저를 이해하지 못한다. 왜 길티한 감정을 느끼냐는 거다. 길티 플레저가 자주 쓰이는 용례를 살펴보자. 시네필들은 길티 플레저를 언급하는 걸 즐기는 족속 중 하나다. 인생 영화나 올해의 영화를 말할 때는 낯설고 이국적인 이름의 유럽 예술 영화를 말하면서 막상 즐겨 보는 영화는 애덤 샌들러의 영화나 어벤져스 시리즈라는 식이다. '숨듣명'이라는 신조어도 있다. 숨어서 듣는 명곡. 유치하고 감상적인 케이팝을 좋아하는 걸 뜻하는 말이다. 솔직히 말하면 나도 그렇다. 공식적인 지면에서는 바흐나 ECM 음악을 듣는다고 말하지만 우울하고 힘들 때면 나는……(못 밝힘). 아무튼

이때의 길티한 감정은 위선에서 오는 것이기 때문에 사람들은 비판받아 마땅하다고 생각한다.

음식과 관련한 길티 플레저는 신자유주의적인 자기 관리, 자기계발과 연관되어 있기 때문에 비판받는다. 쉽게 말해 아이스크림 먹고 배 나오고 매운 떡볶이나 라면 먹고 피부 안 좋아지고 얼굴 부으면 어떻냐는 거다. 웰빙, 웰니스 이런 것들은 삶을 착취하는 거대 자본의 농간이다. 뭐 그런 식의 비판.

전혀 다른 종류의 길티 플레저도 있다. 소설가 오한기는 팬에게서 당신의 소설을 좋아하지만 몰래 숨겨놓고 읽는다는 이야기를 들었다고 말했다. 자취방에 두고 읽는데 사람들이 방문하면 숨긴다고. 오한기는 그 이야기가 재밌으면서도 한편으로는 왜 숨기지? 라는 생각이 들었다고 한다. 오한기 작가와 개인적으로 아는 사이고 그의 소설도 읽어본 입장에서 말하면, 나는 그 팬의 심정을 충분히 이해한다. 내가 오한기의 소설을 읽는다는 사실을 연인이 알기라도 하면…….

길티 플레저는 일종의 비밀이다. 남들이 욕하고 사회적으로 비난(?)받을지도 모르는 일을 은밀히 하는 행위. 물론 이게 극단적으로 가면 범죄에 다가갈 수도 있지만, 범죄와 무관하다면 일상에서 우리가 즐길 수 있는 가장 매력적인 욕망 아닐까. 오한기 작가는 소설을 몰래 본다는 팬에게 이렇게 말했다. 저도 회사 다닐 때 몰래 소설 썼어요. 쉬는 시간에, 점심시간에 몰래 틈틈이. 평생 돈에 쫓겨 살며 각종 직업을 전전한 스위스의 전설적인 작가 로베르트 발저도 일하는 틈틈이, 몰래 책을 읽고 몰래 소설을 썼다고 한다. 왜 그랬을까. 그건 그런 행위들이 사회에서 일반적으로 요구하는 건전함이나 올바름과 거리를 두고 있기 때문이다. 가끔은 체제 전복적으로 여겨지기도 하고 일탈로도 여겨지는. 그러니 우리가 욕망을 느끼는 건 당연하다. 그렇지만 글을 쓰고 읽는 길티 플레저라면 누구에게도 해를 주진 않을 것 같다. 그러므로 내가 하고 싶은 말은 우리 모두 몰래 읽고 몰래 쓰자. 흡사 구소련의 작가와 독자들이 KGB의 눈을 피해 봤던 지하출판물 사미즈다트처럼. 사미즈다트가 우리의 삶을 구원해줄 것이므로.

부도덕 교육 강좌

　내가 아는 가장 황당무계한 에세이는 미시마 유키오가 쓴 것이다. 미시마 유키오는 무라카미 하루키, 다자이 오사무, 나쓰메 소세키 등과 더불어 한국에 가장 잘 알려진 일본의 소설가다. 노벨문학상 후보에도 세 번이나 올랐으니 세계적으로도 명성이 자자한 소설가라고 할 수 있다. 《금각사》, 《가면의 고백》 등 여러 유명한 작품과 소설가답지 않은 근육질 몸매를 과시하는 취미와 영화배우 이력, 할복자살로 마감한 삶까지, 한 시대를 풍미한 예술가로서의 자격은 모두 갖추고 있다고 해도 과언이 아니다.

　그럼에도 불구하고 미시마 유키오는 좋아하기 힘든

사람이다. 군국주의적인 행태나 여성 혐오적인 태도, 폭력을 아름다움으로 승화하는 미학 등 솔직히 말하면 전세대의 작가들이 무슨 정신으로 미시마 유키오를 좋아한다고 말했을까 싶을 만큼 문제가 많은 작가다.

《부도덕 교육 강좌》는 이런 미시마 유키오의 면모를 여과 없이 볼 수 있는 에세이집이다. 거두절미하고 목차부터 살펴보자.

'거짓말을 많이 하라'

'약자를 괴롭혀라'

'선생을 무시하라, 속으로만'

'남에게 폐를 끼치고 죽어라'

'여자에게 폭력을 사용하라'

'죄는 남에게 덮어씌워라'

'죽여버려! 라고 소리쳐라'

'청년이여, 나약해져라'

…….

물론 이 제목들을 100퍼센트 진심으로 받아들일 필요는 없다. 1958년, 일본의 여성 잡지인 〈주간 명성〉에서 연재한 이 에세이 시리즈에는 미시마 유키오 특유의 위악과 풍자, 과장과 역설이 포함되어 있으니까 말이다. 예를 들면 '죄는 남에게 덮어씌워라'라는 에세이에서는 서양과 일본의 문화적 차이에 대해 언급한다. 일본인들은 문제가 생기면 진심이 아닌데도 먼저 사과하기 바쁜 데 반해 서양인들은 어지간해서는 사과하지 않는다. 서양은 체면보다 권리와 의무가 중요한 사회이기 때문에 문제가 확실해지기 전까지는 영역을 지키려고 한다는 것이다. 미시마 유키오는 말한다. 이편이 더 솔직하지 않은가? 일본인은 단지 사과하는 것으로 문제를 무마하려고 하는 것 아닌가. 잘못한 게 아니라고 생각되면 사과하지 마라! 다시 말해 남에게 덮어씌워라!

뭐…… 맞는 말일 수도 있고 틀린 말일 수도 있다. 여기서 주목해야 하는 것은 미시마 유키오의 옳고 그름이 아니라 그의 어그로 끌기 능력이다. 미시마 유키오를 싫어하는 사람이건 좋아하는 사람이건 그에 대해 모두 동의하는 부분이 있다. 글을 잘 쓴다는 것이다. 소설에 한정된 거라고 할 수 있지만, 잘 알려지지 않은 에세이집인 《부도덕 교육 강좌》에서도 그 점은 드러난다. 에세이에는 미시마 유키오 특유의 엄정한 문체나 유미주의적인 미학은 없지만, 글쓰기 또는 예술에 요구되는 가장 중요한 특징 중 하나는 또렷이 살아 있다. 바로 어그로 끌기.

그게 뭐야, 예술이 어그로 끌기라니 무슨 소리야, 라고 생각할 수도 있겠지만 예술은 오랫동안 어그로를 끌어 왔다. 사회의 관습과 고정관념에 대한 어그로, 도덕과 윤리에 대한 어그로. 어그로를 누가 절묘하게 끄느냐, 어그로가 얼마나 사회의 빈틈과 욕망을 잘 노리느냐에 따라 클릭 수가 달라진다. 그러므로 우리 모두 어그로를 끌자, 는 건 아니고…… 미시마 유키오의 어그로 끌기 기술을 보고 있자면 이런 생각이 들기도 하는 것이다. 결국 예술도 클릭베이트(clickbait)에 불과한 걸까. 사람들의 관심만 끌 수 있다면 그 이후는 별 상관 없는 걸까. 그러고 보니 《부도덕 교육 강좌》에는 이런 제목의 에세이도 있다. '소설가를 존경하지 마라.'

발톱의 야인

　뇌가 타고난 거짓말쟁이라는 건 널리 알려진 사실이다. 뇌과학이나 인지심리학 등은 뇌와 마음, 심리, 정신 따위와 관련된 우리의 생각이 얼마나 잘못되었는지 알리기 위해 노력을 기울인다. 물리학에서 밝혀낸 것과 마찬가지로 세계에 대한 우리의 직관은 대부분 잘못됐다는 게 그들의 주장이다.

　뇌의 가장 대표적인 거짓말 중 하나는 무의식이다(라고 일군의 학자들은 주장한다). 또는 이렇게 표현할 수 있다. 내면세계, 심연, 자아는 신기루와 같다. 자기성찰은 지각이 아니라 고안의 과정이다. 그들에 따르면 우리의 마음은 심장이나 가슴 깊이 있는 게 아니라 뇌와 수억 개의 뉴런에 골고루 퍼져 있다. 의식은 순간적으로 일어나는 전기 신호의 전환과 흐름이다. 우리가 내면의 목소리라고 생각하는 것은 뇌가 이러한 전기적 과정을 통해 즉흥적으로 짜맞춘 이야기에 불과하다는 것이다.

뇌가 거짓말을 잘한다는 사실은 조금만 생각해도 알 수 있다. 우리에겐 감각기관이 있지만, 외부 현상을 있는 그대로 인식할 수 없다. 시각이 세계를 내다보는 창문이 아니라 뇌의 창작물이라는 사실은 이미 과학적으로 규명이 끝났다. 청각 역시 마찬가지다. 다만 이러한 창작이 너무 순식간에 일어나기에 현실이 왜곡되었다는 사실을 인지하지 못할 뿐이다. 우리는 우리가 듣고자 하는 것만 듣고 보고자 하는 것만 본다.

한번은 친구에게 발터 벤야민에 대해 이야기를 한 적이 있다. "발터 벤야민이 산책에 대해서 말했잖아." 어쩌고저쩌고. 친구가 대답했다. "발톱의 야인이 어쨌다고?" 다른 일화도 있다. 어떤 친구가 위워크에 대해 말하면서 요즘 유행하는 공간에 대해 말했다. "코워킹 스페이스가 대세잖아." 이야기를 듣던 다른 친구가 반문했다. "호아킨 피닉스가 대세라고?"

사실 이런 일화는 너무 많아서 일일이 다 댈 수 없을

정도다. 유명한 밈 같은 것도 많다. 동해 번쩍 서해 번쩍, 선희의 거짓말, 모든 게 숲으로 돌아갔다…… 등등. 단순히 맞춤법 오류 정도로 볼 수도 있지만 이런 사례들이 재밌는 건, 표현 자체는 틀린 게 없다는 사실이다. 다시 말해 맞춤법은 알지만 관용구는 모를 때, 그것을 맞는 방향으로 끼워 맞춘다는 사실이다. 이건 전형적인 뇌의 작동 방식이다. 문제는 뇌가 이런 짓을 거의 모든 영역에서 하고 있다는 사실이며 우리가 그걸 인지하지 못한다는 사실이다.

과학의 발견에서도 정치적 판단에서도 인간관계에서도 뇌는 자기 마음대로 이야기를 지어낸다. 우리는 그걸 합리적인 판단인 것처럼 믿는다. 발톱의 야인. 조금 이상하긴 하지만 말이 안 될 건 없지 않은가? 산책에 대해서 말한 독일 철학자의 별명인가 보지. 밖을 많이 걸어다녀서 야인이고, 발톱은…… 중세의 연금술 같은 거랑 연관된 별칭일지도 모른다. 게르만의 숲을 오가는 마법사 같은 것 말이다. 어쩌고저쩌고하며 우리는 끝도 없이 이야기를 지어내고 합리화시킬 수 있다.

스웨덴의 심리학자 페테르 요한손과 라르스 할은 2010년 총선거를 앞두고 흥미로운 실험을 했다. 사람들에게 선호하는 정치 성향과 정책에 대한 응답을 받고는, 그 대답에 대한 설명을 요구할 때는 선택한 것과 정반대의 내용을 선택했다고 제시한 것이다. 놀랍게도 응답자의 4분의 1을 제외하고는 자신의 선택이 바뀌었다는 걸 눈치채지 못했을 뿐 아니라, 자신이 지지한 적 없는 내용을 열심히 옹호했다. 더 흥미로운 건 이러한 잘못된 해석이 미래에 영향을 준다는 사실이다. 선호한 적 없던 것일지라도 한번 해석을 통해 기억에 자리 잡고 나면 그것이 행동에 영향을 주는 것이다. 거짓말이 반복되면 그걸 진실로 믿게 된다고나 할까.

하지만 뇌의 이 모든 작동이나 진실과 거짓을 둘러싼 이야기를 회의적이거나 문제적으로만 받아들일 필요는 없다. 우리의 오해와 창작은 자신의 생각을 유일무이한 진실로 고집하지 않는 한 세계를 풍성하게 만드는 요인이 된다. 이야기가 우리 삶에서 빼놓을 수 없는 요소인 것은 아마 이 때문일 것이다.

한
정
현

2015년 〈동아일보〉를 통해 작품 활동 시작,
오늘의 작가상, 젊은작가상, 퀴어문학상, 부
마항쟁문학상 수상, 《줄리아나 도쿄》, 《소녀
연예인 이보나》를 냈다.

떡볶이와의 결별

　　코로나19가 길어지면서 내게 일어난 가장 큰 변화라고 한다면 아무래도 이것이 있을 것이다. 아, 이 이야기를 하기 전 오래 생각을 해보았다. 왜냐면 내가 이 말을 하게 되면 아마 모두들 충격으로 말을 잇지 못할 테니까 말이다. 그 충격을 감수하고 말하려고 한다. 그 변화라는 건 바로 내가 떡볶이를 더 이상 먹지 않게 되었다는 것이다. 심지어 내가 한동안 떡볶이를 먹지 못했다는 것조차 나는 인지하지 못했었다.

　　이럴 수가.

　　처음 이 사실을 인지하고 난 후 내가 스스로에게 보인 반응은 이거였다, 이럴 수가. 그러니까 나는 떡볶이라는 단어 자체도 잊고 살았던 것이다. 이 정도라면 거의 내 생활에서 떡볶이가 투명해져버린 정도인데 물론 사람에 따라서 떡볶이를 즐기지 않는 사람도 많을 테니 내 말이 뭐가 그렇게까지 진지한가 싶을 수도 있다. 하지만 내 이야기를 듣다 보면 생각이 달라질 수도 있다. 나의 과거 떡볶이력을 잠깐 소개해보겠다. 이전까지의 나는 최소 주 3회 떡볶이를 테이크아웃해서 식사로 먹었고 주 2회는 간식으로 먹었으며 나머지 주 이틀은…… 아마도 외식 아니었을까? 그렇다. 대략 내가 떡볶이를 처음 먹은 게 초등학교 2학년 무렵이었던 것 같은데 난 그 이후로 떡볶이를 끊어본 적이 없었다. 외국에 체류할 땐 떡국 떡을 한인 마트에서 구해 와 만들어 먹기도 했었다. 그런 내가 떡볶이를 먹지 않게 되었다는 이야기, 심지어 그 사실조차 잊었다는 이야기.

그래, 그런데 충격적이긴 하지만 코로나19 이야기를 하다가 갑자기 떡볶이라니, 할 수 있을 것이다. 대체 그것과 그것이 무슨 연관으로, 라고 생각한다면 맞는 이야기다. 하지만 내게는 명백한 관련이 있다. 코로나19 이후 내 일은 모두 재택근무로 전환되었다. 일이 있는 것 자체가 감사한 상황이니 재택근무 자체에 대해선 불만이 전혀 없었다. 다만 강의마저도 온라인으로 하게 되니 북토크나 낭독회 같은 행사가 아니면 바깥을 나갈 일이 정말 거의 없어진 데다가 국민 모두에게 내려진 권고 사항이기도 해서 외출을 자제하다 보니 집 안에서의 시간이 점차 늘어갔다. 그런데 문제는 늘어난 시간만큼 함께 불어난 잡념들이었다. 잡념의 특성상 이들은 구체적인 근거나 팩트로는 존재하지 않지만 불안과 늘 함께 다닌다는 점에서 썩 반가운 존재는 아니었다. 최대한 이 달갑지 않은 존재를 피하기 위해 내가 생각한 것은 무언가 집중할 만한 것을 찾아보자였다. 그러니까 직업적으로 연관된 작업 외의 집중도를 필요로 하는 일, 그러나 집에서 할 수 있는 일. 그렇게 탄생한 것이 바로 점심시간이었다. 아니, 점심 준비 시간. 일생 거의 처음 만들어보는 시간으로, 작가가 되기 이전에도 갖지 못한 시간이기도 했다. 항상 이동하면서 김밥을 먹거나 시간을 절약하고 돈을 아끼기 위해 샌드위치를 사 먹었다. 점심시간이란 것이 내겐 없었는데 재택근무 이후 시간이 늘어났고 그 늘어난 시간에 점심시간이 끼어 있게 되었고 더불어 점심을 먹어야 하니 점심 준비 시간이 생긴 것이다. 그리고 그 점심 준비 시간에는 음식뿐 아니라 늘어난 시간만큼 늘어난 생각을 정리하기 위한 정리 해소용 시간도 포함되었다. 나는 최대한 만들어야 하는 식사를 준비하면서 걱정과 잡념을 지워나갔다. 무와 파를 많이 썰었다. 마늘도 까봤는데 눈물이 흐르지만 않는다면 좋다. 양파는 어떤 종류에서는 참을 수 없을 만큼 눈이 아프고 눈물이 흘렀다. 감자를 다듬다 보면 감자 깎는 칼에서 기술의 위대함을 느끼게 된다. 떡볶이는 익숙한 음식이다 보니 내 선택지에서 점점 사라졌고 나는 그저 잡념이 없어진다는 것이 기뻐서 무와 파와 감자와 양파를 몽땅 썰었다. 그러는 사이 떡볶이도 내게서 사라진 것이다. 그리고 그 사이는 생소한 음식들로 채워졌다. 지금이라면 10분도 걸리지 않을 미역국이라든가 진미채볶음 같은 음식들을 하기 위해 나는 레시피를 수도 없이 들여다보았다. 하고 나서는 혼자 뿌듯한 나머지 다른 생각뿐 아니라 다른 음식들의 존재도 잊어갔다. 점심의 탄생과 떡볶이와의 결별. 내게 생긴 코로나 시대의 점심 풍경.

점심의 탄생과 산책인의 갈등

그렇다. 떡볶이 시대가 종료되고 점심이 탄생했다. 뭔가 뮤지컬 〈노트르담 드 파리〉의 넘버가 떠오르기도 하지만……. (feat. 대성당들의 시대) 점심 준비 시간과 점심을 실제 먹는 시간, 그리고 설거지를 마치는 시간까지 하면 보통 한 시간 30분쯤이 소요되었다. 그래, 요리를 하는 동안 많은 잡념들을 마주치지 않게 된 것도 좋았고 또 하나의 성과라면 요리라는 것을 실제로 하게 된 것도 좋았다. 또 하나. 지금 사는 집 인근에 골목 시장이 있는데 그곳 가게들의 사정에 대해 좀 알게 되었다. 어느 과일집에서 사야 맛있는지, 야채는 어디가 싱싱한지, 생선은 어느 쪽이 좋은지. 물론 개인 취향이지만 이런 것들을 알게 되어서 시장을 갈 때 뭔가 마음에 여유가 생겼다. 그러면서 장을 보는 실질적인 시간이 줄어들었다. 또 하나는 지역화폐라는 게 있어서 시장에서 이걸 사용하면 10퍼센트 할인이 가능하다는 어마어마한 사실도 알게 되었다. 심지어 이 지역화폐는 물건값을 시장 상인들로부터 깎는 시스템이 아니라서 손해를 보는 사람도 없다. 이럴 수가. 세상엔 역시 내가 모르는 좋은 것도 많구나 이렇게 감탄하면서. 즉 떡볶이와의 결별 때와는 다른 이럴 수가, 가 거듭 반복되는 시즌이기도 했다. 어쨌거나 그렇게 점심의 탄생과 시장에 대한 새로운 정보 입수까지는 정말 좋았다. (지금 이 순간에도 시장에서 사 온 딸기를 먹고 있다. 시장이 아니라면 내가 겨울딸기를 먹어보는 호사를 누리는 일은 아마 없었을 것이다.) 앞서 말했지만 잡념과의 직접 대면을 줄이게 된 것도 좋았다. 하지만 인생에 역시 공짜란 없고 매 순간이 선택의 연속인지라 나는 또 다른 선택지 앞에 서게 되었다. 이번에 내가 대면한 것은 바로 점심 산책이었다.

산책소설인.

내가 인스타그램 직업란에 적어둔 것이다. 이 부분에 대해 설명을 조금 덧붙이자면, 원래는 산책인이었지

만 소설을 열심히 쓰고자 하는 마음에 산책소설인으로 거듭나게 되었다는 점이다. 즉, 그러니까,

나는 산책을 정말 좋아한다.

나에게 산책은 이를테면 하나의 규칙 같은 것이기도 하다. 특징으로 말하자면 나는 새로운 길은 잘 가지 않는다. 거의 동네 주변을 빙글빙글 돌듯이 산책을 한다. 매번 같은 길을 걷기도 한다. 길은 같아도 사람은 달라지기 때문에, 그것이 매번 탄성을 자아내는 일상의 부분이라고 생각하기 때문에. 그래서 특별한 곳을 걷는 일은 거의 없다. 일이 있어서 다른 동네에 가거나 하면 산책로가 바뀌지만 코로나19 이후 다른 동네를 갈 일도 거의 없어져서 산책 코스는 더욱더 단조로워지게 되었다. 당연하게도 그것에 대한 불만은 전혀 없었다. 그렇기 때문에 산책 시간을 줄인다거나 할 마음도 없었는데 엉뚱하게도 다른 곳에서 산책인의 산책 시간이 위협을 받게 되었다. 바로 점심시간의 탄생이 그것이었다. 실제 코로나19 이전에 나는 점심시간이랄 게 없었고 일과 중에 그게 새롭게 생겨난 것은 좋았다. 하지만 아무리 재택근무라 해도 앞뒤 이동 시간이 줄어들었을 뿐 해야 할 일 자체가 크게 줄어든 것은 아니었다. 아니, 어떤 면에서는 크게 늘어나

기도 했는데, 온라인 수업을 많이 하다 보니 수업의 품질에 신경을 더 많이 쓰게 되어 준비 시간이 크게 늘어난 것이다. 그런데 거기에 점심시간이 새롭게 추가되었다. 짧지 않고 넉넉하게 말이다. 점심 준비 시간을 조금 줄이든가 점심 먹는 시간을 줄여야 했다. 그게 아니라면 산책 시간을 좀 줄여야 했다. 코로나19로 집에만 있으면 삶의 아무것도 변화하지 않을 줄 알았는데 오히려 삶의 많은 부분이 뜻밖의 방향으로 변화하는 것만 같았다. 나는 그렇게 새로운 선택의 기로에 놓이게 되었다.

산책인으로 살아온 수많은 시간을 떠올리며, 그러나 하루에 해야 하는 일의 목록들이 나를 바라보며 물었다.

그래서, 점심이야? 산책이야?

점심과 산책은 왜 안 되는 걸까, 정말 안 되는 걸까? 누군가 나처럼 점심과 산책 중 선택을 해야 하는 사람이 있다면 물어보고 싶다. 누군가는 무얼 선택할까, 아니면 절충안을 제시할까. 새로운 화두, 점심과 산책이었다.

비커밍 점심 산책자

이어지는 글의 제목에서 이미 눈치챘겠지만 나는 절충안을 선택했다. 말이 절충안이지, 생각해보면 산책과 점심을 함께 할 수 없다는 생각은 선택의 문제는 아니었다. 그건 시간이 흐르니까 자연스럽게 해결되었다. 무슨 말이냐면 나는 이제 음식을 하는 손이 빨라져서 밥도 산책도 한꺼번에 할 수 있게 된 것이다. 물론,

음식이 늘었다.

음식 솜씨가 늘었다.

이것은 같은 말이 아니다. 그저 음식을 하는 시간이 단축된 것이다. 또 하나, 메뉴를 선정하는 시간도 짧아졌다. 할 수 있는 게 많아지다 보니 폭이 넓어져서 그날그

날 집에 있는 재료를 보고 그에 맞는 음식을 하게 되었다. 가령 예전에는 집에 당근과 감자가 있으면 매일 카레만 만들었지만 이제는 당근과 감자로 감자조림을 할 때도 있고 된장찌개를 끓일 때도 있다. 감자를 삶고 당근을 채 썰어 샌드위치를 만들기도 한다. 재료 선택도 마찬가지다. 인터넷에 있는 레시피는 표준 레시피이지 '나'의 레시피는 아니라서 그냥 내 입맛에 맞게 재료는 집에 있는 대로 덜 넣어도 되고 더 넣어도 되는 거였다. 필수 양념이 아니라면 굳이 넣지 않아도 되는 양념도 많았다. 메뉴를 무엇으로 할까? 이건 정말이지 큰 고민인데 이것이 덜어지니 시간이 생긴 것이다(참고로 누군가 대신 메뉴를 정해주는 메뉴 컨설팅 업체를 만든다면 성공할 거라고 생각한다). 그렇게 나는 점심을 조금 일찍 해결하고 곧장 산책의 시간을 갖기로 했다.

여기서 또 하나의 난관이 생겼다.

내가 점심을 먹자마자 곧장 그다음 단계로 나아가지 않는 인간이었다는 거다. 역시나 점심 만들기와 산책을 같이 못 한다는 생각이 선택의 문제가 아니었음을 깨닫게 되는 계기이기도 했다. 무슨 말이냐면 나는 점심을 먹자마자 그릇을 앞에 두고 사유에 잠겼다, 라고 표현하고 멍때렸다라고 읽어주시기를 부탁드린다.

　가령 김치찌개를 먹는 날이었다면 놀랍게도 음식을 먹는 시간 자체는 그다지 길지 않았다. 식당에서 혼밥을 해도 핸드폰을 안 보고 음식만 먹는 타입인 나는 집에서 밥을 먹을 때도 핸드폰이든 텔레비전이든 보지 않는다. 또 급하게 먹는 타입도 아니고 밥과 국만 먹는 타입도 아니라서 이것저것 골고루 먹지만 그래도 3, 40분이면 음식 자체는 대충 다 비우게 되는 것 같았다. 문제는 역시 그 뒤였다. 나는 밥을 먹고 한동안 가.만.히, 허.공.을 바라보거나 정.면.을 바라보며 그대로 앉아 있었다. 생각해보면 그릇을 치우고 설거지를 한다고 해도 그릇 자체가 적기 때문에 10분이면 끝나는 일이었지만 어쩐지 그 순간 내 몸은 세상에서 가장 무거운 무게감을 갖게 된 것만 같았다. 신기한 건 식사 직후의 그런 멍 타임은 정신 차려보면 금세 10분, 20분이 흘러 있다는 거였다. 그러다 보면 점심시간은 훌쩍 지나 있고 나는 어느새 차분히 앉아 핸드폰을 보거나 유튜브를 열어 영상을 보고 있었다. 그러다 다시, 아 이제는 원고를 써야 할 시간이구나 하면서 산책을 자연스레 포기하게 되는 수순이었다. 나는 또 하나의 대책을 세우기로 했다.

알람.

산책을 위해 알람을 이용하다니, 라고 말할 수도 있겠지만 나는 무엇보다 내 우선순위를 이뤄내는 게 중요한 사람이었다. 나름의 룰도 정했다. 만약 내가 설거지를 다 하지 못했다고 해도 알람이 울리면 무조건 일어나 양치를 하고 옷을 입은 후 일단 나간다는 거였다. 그리고 옷은 웬만하면 그 전날에 골라놓는다는 것이었다. 날씨에 따라 약간의 변동은 가능하도록. 알람은 일부러 빠듯하게 잡았다. 그리고 첫날, 나는 내 몸이 이렇게나 시그널에 약한 인간이라는 것을 놀랍도록 확실하게 경험했다. 알람이 울리자마자 자리에서 일어나 옷을 입고 현관으로 간 것이다. 알람이 한 번 더 울리자 현관의 거울 앞에서 머뭇거리던 나 자신을 내 몸이 밀어냈다. 정시에 점심 산책을 시작하게 된 것이다.

이 글을 읽는 사람들은 이제 궁금하시겠지? 왜 이렇게 산책에 집착하는지. 그것도 왜 꼭 점심 산책이어야 했는지 말이다.

우리의 점심은 그곳에 오래 남아

    행복이 어디 있는지, 그리고 그게 무엇인지는 아마 사람마다 다를 것이다. 더불어 그것은 자주 바뀐다. 가령 어린 시절의 내 행복은 텔레비전 속에 있었다. 〈베르사유의 장미〉를 보던 동그란 브라운관 텔레비전 속. 내 행복은 약 1년 정도 그곳에 있었다. 그런가 하면 더 어린 시절엔 책장에도 있었다. 마녀 그룹에서 가장 막내인 꼬마 마녀가 권위적인 선배 마녀들의 빗자루를 다 태워버리고 "그런 마녀라면 나 안 해!" 속 시원하게 날아오르던 그 책 속에 내 행복이 들어 있었다. 조금 커서는 할머니가 만들어주던, 나이가 들어가시면서 점점 더 간이 세지던 그 계란말이 속에 있었다. 물론 그것은 할머니의 나이

듦이 미각의 상실로 이어졌다는 자각에서 오는 슬픔과 함께였지만.

그렇게 행복은 때에 따라 기분에 따라 나이에 따라 그것이 깃든 장소도 형태도 다르겠지만 어쨌거나 내게 그 행복을 찾는 것은 매우 중요한 일이었다. 생각해보면 나는 늘 그 행복에 의지해서 사는 사람이었으니까. 일상의 백 가지 피로함도 그 한 가지의 행복을 생각하면 한없이 상쾌해지는 사람이 바로 나였다.

그래서 최근 나의 행복은 어디에 있었나.

서랍 속도 아니었고 책상 위도 아니었다. 길 위에 있었고, 그래서 산책이었다.

내 행복의 절반은 산책에 있었다. 물론 산책이라고 해서 무조건 길을 걷는 건 아니다.

내 산책의 행복은 익숙함으로부터 시작된다.

매번 같은 길 위에 펼쳐지는 조금은 다른 일상들. 오래전 잃어버린 양말 한 짝이 우연히 굴러 나올 때처럼 분명 존재했지만 내 눈에는 띄지 않아 몰랐던 풍경을 발견하는 게 나는 좋다. 그래서 거의 일주일 내내 나는 비슷한 길을 걷는 것을 좋아한다. 아는 길에 접혀 있던 것을 발견하는 것도 좋고 같은 길에서 다른 사람들을 보는 것도 좋았다. 그들이 우발적으로 나누는 이야기를 역시나 우연찮게 귀담아듣게 되는 것도 좋았다. 물론 산책에서 중요한 요소는 길뿐이 아니다.

시간. 산책을 나서는 시간.

그것은 같은 길이라고 해도 시간대에 따라 그 길 위에 있는 사람들이 달라지기 때문이다. 가령 9시 이전의 길에는 출근하는 사람들이 있고 오전의 길에는 관공서 업무를 보거나 병원에 가려는 사람들을 길에서 자주 마주칠 수 있다. 점심에는 직장인들을 우르르 마주치기도 하고 오후에는 학생들을 자주 본다. 5시가 넘어설 무렵부터는 장을 보려는 사람들과 부딪치고 6시부터는 다시 퇴근하는 직장인들을 마주한다.

점심시간과 엇비슷하게 산책 시간을 갖게 되면서 나는 점심을 먹으러 나온 직장인들을 주로 마주하게 되었다. 그리고 알게 된 사실은, 점심시간에 사람들이 밥을 먹는 것 외에도 정말 많은 일을 한다는 거였다. 병원에도 우체국에도 관공서에도 사람들이 많았다. 한 시간 동안 저렇게나 많은 걸 하는구나, 처음엔 이런 기분이 들었고 그다음엔…….

나는 혼자 다니는 사람들이 좋았다. 카페에 혼자 앉

아 있거나 편의점에서 홀로 식사를 하는 사람, 패스트푸드점에서 주문을 하는 사람들. 나는 혼자 점심 식사를 하는 사람들을 보는 게 좋았다. 점심시간엔 식당에서 혼밥을 하는 게 여의치 않기 때문에 그들을 보게 되는 건 대부분 식당이 아닌 곳들이었다. 나중엔 공원에서도 종종 보았는데 그럴 때마다 나 홀로 반가운 마음이 들었다. 점심시간에 혼자 있는 사람, 그것 또한 어떻게 보면 나의 행복과 연관되어 있었기 때문이다. 그러니까, 오랫동안, 마음에 안 맞는 사람들과 밥을 먹느니 차라리 홀로 점심을 먹고 싶었던 나 같은 사람 말이다.

멸종의 시간

사실 코로나19 이전엔 내게 점심시간은 없는 시간이었다.

일반적으로 점심을 가리키는 정오에 나는 대부분 다른 일을 했다. 하지만 내 인생에서 점심이 영원히 없었던 건 아니었다.

우선 초중고를 다니면서 점심시간을 가졌었다. 딱히 학교에서 튀는 학생도, 그렇다고 얌전한 학생도 아닌 보통의 학교생활을 했는데 나는 그때부터 점심시간이 정말 싫었다. 우르르 몰려가 급식을 먹는 것. 어느 순간 나는 그것이 정말 폭력적이라는 걸 깨달았는데, 점심시간이야말로 왕따와 은따가 명확히 보이는 순간이었기 때문이다. 처음부터 학생이 배가 고프든 아니든 임의로 점심시간이라는 것을 학교 규칙상 멋대로 확정했다면, 인심이나 쓰듯 "친한 친구끼리 먹으렴" 하는 단서는 붙이지 말았어야 좋은 게 아니었을까. 나는 점심시간이 정말 싫었다. 고학년부터 급식을 먹는 것도 웃겼다. 솔직히 나이가 어릴수록 배가 더 자주 고프지 않을까 싶기도 했고 굳이 위계를 먹는 데서 보여주는 것도 학교와 점심시간이 몽땅 싫은 이유였다. 물론 내가 이렇게 점심시간과 학교를 싫어했다는 것은 아무도 모를 것이다. 나랑 친한 사이인 엄마와 아빠 정도 알 것 같다.

물론 그 뒤에도 점심시간이라는 걸 갖기는 했다.

학교를 떠나 잠깐 사회에서 일을 할 때 점심시간이 있었던 것으로 기억한다. 그때 그 업종이 좋았던 건 점심을 꼭 같이 먹지 않아도 되는 분위기 덕분이었다. 당시에 나는 처음으로 진지하게 인간은 왜 9시부터 6시까지 일을 하게 된 걸까를 생각했는데, 나는 회사에 나가는 것이나 일을 하는 것보다 9시에 출근해서 6시까지 퇴근하는 그 시스템이 싫었기 때문이다. 내가 생각하기에 좀 과도하다 싶었다. 만약 10시쯤 출근해서 5시나 4시쯤 퇴근하게 된다면, 다른 사람은 몰라도 적어도 나는 회사가 싫지 않았을 것 같았다. 딱히 약속도 없고 여행 다니거나 쇼핑하는 걸 좋아하는 타입이 아니었으니 회사에 가 있는 것 자체는 크게 힘들지 않았던 것이다. 물론 내가 그 일을 좋아했던 것도 한몫한다. 유난히 다정했던 회사 동료들도. 어쨌거나 내가 일하는 저 시간을 싫어하게 된 것은 하루의 너무 많은 시간을 무수한 사람들과 한 공간에서 보내야 하는 것 때문이었다. 가족이라고 해도 종일 붙어 있으면 약간 심적 고통이 따르는 사람인지라 학창 시절도 너무나 힘들었는데 성인이 되고 다시 그런 생활을 하려니 스트레스가 쌓이다 못해 고통스럽기까지 했다. 그런 와중에 점심을 무조건 같이 먹어야 하는 분위기의 회사였다면 정말 쓰러졌을지도 모르겠다. 다행히 사람들은 다정한 데다가 자유로워서 나는 점심 내내 벤치에 앉아 음악을 듣거나 멍하게 거리를 쏘다닐 수 있었다.

점심 산책자.

그때야말로 나는 점심 산책자였다.

그런 점심 산책자 노릇을 은퇴하게 된 건 내 의지가 아니었다. 점심 산책자 은퇴는 생활의 리듬이 대신 선언해주었다. 다시 대학원으로 돌아가 공부를 하게 되고, 강의와 글쓰기 노동자가 되면서 나에게 점심시간은 사라졌다. 그렇게 사라졌던 시간이 코로나와 함께 돌아온 것이고, 코로나 시대 2년 차가 되면서는 자연스레 다시 점심과 산책을 함께 하는 점심 산책자가 되었다. 아니, 이제는 조금 더 나아가서 요리를 해서 먹는 점심시간을 갖고 산책을 하는 점심 요리 산책자가 되었다.

궁금한 것이 있다.

나는 점심시간을 싫어했던 걸까, 아니면 '남들과 꼭 함께' '남들처럼' '남들이 먹는 시간에 먹는' 점심이 싫었던 것일까.

아마도 후자였을 것이다. 점심 산책자 시기나 현재의 점심 요리 산책자 노릇은 꽤나 즐거웠고 즐거우니까.

조만간 다가올 위드 코로나와 함께 나의 점심 요리 산책자 시간 또한 멸종할지도 모르겠다. 여기서 또 궁금한 것. 이번 멸종은 화석으로 남을 것인가, 아니면 이번엔 또 다른 이름으로 점심에 산책도 하고 밥도 먹고 불만도 갖게 되는 반복되는 멸종의 시간으로 기억될 것인가.

일단 내일 점심부터 생각하고 더 생각해봐야겠다.

황
유
미

5년간 광고회사에서 일했고, 지금은 3년 차
작가다. 2018년 독립출판으로 소설집을 내
면서 활동을 시작했다. 지은 책으로는 소설
집《피구왕 서영》,《오늘도 세계평화를 찾아
주셔서 감사합니다》등이 있다.

서른 살 버릇, 마흔다섯까지

"본론부터 얘기하자, 본론만."

회사에 다니던 시절 점심시간 직전에 잡힌 회의 때면 자주 들었던 말이다. 그런 말을 들으면 반갑고도 설레서 흥분을 주체하지 못하고 다리를 달랑댈까 봐 발끝까지 온 신경을 집중해야 했다. 듣던 중 반가운 소리다! 이번엔 정말 짧게, 해야 할 얘기만 하고 끝나려나? 하지만 정작 "본론부터"로 시작하는 발언자의 서론이 제일 길다는 걸 몇 번 경험한 후에는 회의가 금방 끝날 거라는 순진한 기대를 접었다.

본론만 말하고 헤어지는 회의는 없다, 고 체념한 시기부터 점심은 거르고 후식만 챙겨 먹는 몹쓸 버릇이 생겼다. 집중력을 높이기 위해 당분이 들어간 간식을 책상 위나 가방 안, 파우치에까지 넣어두었다. M&M이나 ABC, 리터스포트 같은 초콜릿과 하리보, 왕꿈틀이, 마이구미 같은 젤리나 로투스 같은 비스킷이었다. 늘어지는 회의에선 조금만 긴장을 늦춰도 딴생각에 빠지기가 쉬웠고, 맥락을 벗어난 이야기를 듣다 보면 자꾸만 실시간으로 낭비되는 시간을 가늠했다. 시한폭탄을 쥐고 있는 것처럼 초조해지는 마음을 달래려면 뭐라도 달달한 걸 입안으로 밀어 넣어야 했다.

집중력이 흐려질 때마다 위급 상황에 비상벨 누르듯 간식부터 찾다 보니 어느 순간부터는 당류를 챙겨 먹지 않으면 몸이 먼저 반응했다. 머리가 둔해졌고, 손도 느려졌다. 중화반점도 아닌데 신속함이 곧 유능함의 척도였던 사회에서 나는 유능해지기 위해서라도 기꺼이 밥은 걸러도 후식은 먹었다. 디저트 섭취 여부에 따라 발휘할 수 있는 하루치 몸과 마음의 힘이 달라졌다. 밥 대 디저트라는 이상형 월드컵에서 별 망설임 없이 디저트라는 선택지를 고르는 편이었다. "그걸로 밥이 되니?"라며 후식은 밥으로 치지 않는 세간의 눈초리를 받기도 했지만 눈치도 한두 번이지, 점심을 든든하게 먹으면 오후 내내 졸음이 쏟아지고 두뇌 활동도 느려지는걸요. 퇴근 직전까지 졸음과 사투를 벌이는 무의미한 짓을 하지 않으려면 밥은 건너뛰고 후식만 먹는 수밖에. 졸음도 의지로 극복 가능하다는 선생님들의 명령에 따라 세수를 하고 오거나 서서 공부하기도 했던 때는 열아홉이었고, 나이 서른 줄에 가까운 직장인에게 몸이 보내는 신호를 거스를 만한 투지는 남아 있지 않았다. 있지도 않은 투지를 쥐어짜내야 하는 곤란한 상황을 피하고자 후식만 챙겨 먹는 혼점을 종종 보냈다.

그런 날이면 회사에서 최대한 멀리 떨어진 스타벅스로 걸어갔다. 뭘 골라도 '내가 아는 그 맛'이라는 안전함이 필요했다. 낯선 메뉴 사이를 헤집고 새로운 맛에 도전하는 모험을 한 시간뿐인 점심시간에 하고 싶지 않았다. 메뉴를 고르는 사이에 흐르는 1분 1초의 시간마저도 아끼고 싶었다. 반수면 상태로 몽롱하게 버티던 오전에서 벗어나 제대로 일할 준비를 하려면 디저트를 충분히 느린 속도로 먹을 시간을 확보해야 했다. 그래, 너 피곤한 거 알아. 그렇지만 오후엔 더 피곤해질 거란다? 오후에 예정된 일이 많은 날이면 그렇게 스스로 내 입에 달달한 걸 떠먹여주며 서슬 퍼런 경고를 했다. 지금 이 피곤함은 시작일 뿐이야. 푸딩이나 레드벨벳 케이크에 캐러멜 마키아토와 자바 초코칩 프라푸치노를 곁들이는, 영양가는 없지만 기분은 단번에 좋아지는 사치스러운 식사를 선물했다.

　프리랜서인 지금, 이제 본론은 언제 나오나 오매불망 기다려야 하는 회의에 참석할 일은 없다. 점심을 케이크 하나로 때우든 과메기에 소주를 먹든 간에 그걸로 밥이 되겠냐고 간섭하는 사람도 없다. 물론 절대 변하지 않는 것도 있다. 배가 부르면 모니터만 봐도 최면에 걸린 사람처럼 눈꺼풀이 닫힌다. 달달한 거 하나 정도는 먹어줘야 일할 맛이 난다. 밥값보다 비싼 디저트값에 손을 벌벌 떨면서도 디저트값을 벌러 공유오피스로 출근하고, 사무실 서랍 안에 간식을 보관해둔다. 하루견과 다섯 봉지, 칙촉 티라미수맛 세 봉지, 오레오 한 봉지. 그나마 예전보다 하루견과의 비중이 높아졌다는 사실이 죄책감을 덜어준다. 아무래도 그곳이 어디든, 언제까지나 밥 대신 간식을 무기처럼 비축해둔 채 야금야금 먹으면서 일할 수밖에 없을 것 같다는 불길한 예감이 든다. 몹쓸 버릇이지만 일단 서른 살 버릇을 마흔다섯까지는 끌어안고 가고 싶은데. 그때까지 간식을 구비해둘 내 자리 하나가 남아 있으면 좋겠다고 주문을 외며 오늘의 점심 메뉴인 하루견과 한 봉을 뜯는다.

공간의 용도

3에서 10이 될 때까지 만 5년이 걸렸다. 서울에서 독립생활을 시작한 지 5년 만에 세 번의 이사를 거쳐, 면적이 두 자릿수인 원룸으로 이사할 수 있었다. 짐 정리가 끝나자마자 가장 먼저 친구 A를 불렀다. 바깥이 아닌 내 공간으로 친구를 불러들인 건 독립을 한 이래로 처음이었다. 전용면적이 10평 미만일 때는 상상할 수 없던 일이 가능해졌다.

면적이 한 자릿수인 원룸에 살 때, 그곳에 머무를 수 있는 타인은 애인 한 명뿐이었다. 아무리 친한 사이어도 친구를 부르기엔 곤란했다. 친구는 문을 열고 신발을 벗자마자 곧바로 이부자리로 뛰어들어야 하는 방이 낭만으로 치환될 수 없는 사이다. 편안하게 대화를 나누려면 침이 튀길까 걱정하지 않아도 되는 최소한의 거리가 필요하다. 행어에 걸린 산만한 옷가지를 애써 무시하며 침대에 걸터앉아 대화에 집중하기는 어렵다. 사물이 사방에서 압박해오는 통에 앉자마자 얼른 일어나야 할 것 같은 긴장을 느낀다. 그때부터 부동산 투기꾼처럼 서울 시내 곳곳을 돌아다니며 넓고 분위기도 괜찮은 좋은 장소를 찾았다. 친구가 서울에 놀러 오면 바깥에서 만나 평소에 봐둔 좋은 공간으로 데리고 갔다.

그런 이유로 A에게 얻어먹은 밥값을 갚기까지 3년이나 걸렸다. 3년 전 서울역에서 A가 사는 포항까지 KTX를 타고 내려갔던 때였다. 가급적 서울에서 멀리, 더 먼 곳으로 무작정 떠나고 싶었던 나를 포항에 살던 A가 흔쾌히 받아주었고 나는 A의 집에서 밥과 고기를 배불리 얻어먹었다. A가 혼자 살던 집에는 거실이 있었다. 끼니때마다 거실에서 밥을 나눠 먹으며 언젠가 A가 서울에 올라오면 똑같이 내 집 거실에서 밥을 차려주겠노라고 혼자 다짐 비슷한 걸 했었다. 언제 거실이 있는 집으로 이사할 수 있을지도 모르면서 순진한 야망을 품었던 나는 그 뒤로도 3년이 지난 후에야 A를 초대할 수 있었다.

물론 A를 앉힌 장소는 거실이 아닌, 주방에 딸린 작은 식탁이었다. 그래도 오랜 빚을 청산한 사람처럼 안도했다. 적어도 친구 한 명은 초대해서 함께 식사할 수 있는 집이라니, 충분하다 생각했다. 당분간 '다음 집' 생각은 접어두고 정착하려 했다. 팬데믹을 겪기 전까지는.

최근 몇 주간 아침저녁으로 내가 가장 많이 접속하는 앱은 네이버부동산이다. '투룸'을 필터로 건 채 '최신순'으로 매물을 정렬한다. 매일 확인하다 보니 이제 자주 보이는 집은 위치와 조건까지 외울 지경이다. 재택근무와 비대면이 일상이 되고 외출을 최소화하면서 집의 용도가 달라졌다. 잠을 자고 나가는 곳에서 머무는 공간으로. 나에게 집은 아침에 눈을 뜨면 외출 준비를 한 뒤 나가고, 해가 지면 돌아와 눈을 붙이는 곳, 그러니까 다음 날 있을 외출을 준비하기 위해 잠시 몸을 눕히고 숨을 고르는 충전소에 가까웠다. 충전이 끝나면 어김없이 문을 열고 나갈 곳이었다. 그러나 집이 머무르는 곳으로 변하자 한 공간에서 해결해야만 하는 것들이 갑자기 늘어났다. 일과 휴식은 물론, 여가와 엔터테인먼트까지, 일상을 구성하는 모든 요소를 이 열 평짜리 원룸이 예고 없이 떠받치게 되었다. 그리고 안타깝게도 이 귀여운 규모의 공간은 여러 역할을 떠안기엔 태생부터 한계가 명확해 보인다.

언제든 나갈 준비가 된 사람을 위해 설계된 공간에서 오래 머무르기 위해 지난 한 달간 생존 전략을 고안했다. 매트 깔고 홈트레이닝 하기, 침구를 바꾸거나 패브릭 포스터를 달아 분위기 바꾸기, 중국어 학습지를 풀거나 편집디자인 인터넷 강의를 들으며 자기계발에 몰입하기. 방구석에서 그 어떤 일을 벌여보아도 내 손가락은 여전히 부동산 앱을 켜고 방 두 개짜리 남의 집을 엿보는 일을 멈추지 못했다. 그 와중에 서울에 볼일이 있던 A가 내 귀여운 방에 다시 놀러 왔다. 열 시간을 떠들다가 목이 쉬어버린 다음 날 나는 작은 식탁에 점심을 차리며 언제 지킬지도 모르는 약속을 했다.

"다음엔 더 넓은 집으로 초대할게. 침실도 있고, 서재도 있을 거야. 바깥엔 하늘이랑 나무도 조금 보일 거야."

휴대폰으로 음식 사진을 찍느라 바빠 보이던 A는 "지금도 좋은데"라고 말하며 방금 촬영한 사진을 전송해줬고, 나는 골치 아프게도 더 좋아질 필요를 느껴버렸으며 점심밥 사진을 저장하자마자 다시 부동산 앱을 켜서 새로고침을 하던 그런 주말이었다.

이후 어느 한가한 토요일 오후, 동료 작가 서귤과 점심을 먹다가 느닷없이 "같이 살자"는 말을 들었고 정신을 차리고 보니 짐을 싸고 있었다. 귀여운 원룸을 떠나 스리룸으로 옮겨 온 지금, 친구 A와 그랬던 것처럼 종종 하우스메이트와 함께 점심을 먹는다.

위기 없는 이야기

불타는 집에서 피 묻은 손을 보았다. 꿈속에서 화염
에 휩싸인 곳에서 나는 이름 모를 남자의 피 묻은 손을
붙잡고 데이트 신청을 하는 놀라울 정도로 대담한 인물
이었다. 나랑 같이 탈출해서 저녁 먹을래? 손을 붙잡힌
남자는 일단 탈출이 먼저라고 판단했는지 마지못해 고
개를 끄덕였고, 나는 데이트 신청을 받아들인 그를 데리
고 바깥으로 나왔다. 탈출과 동시에 집이 폭발했다. 굉음
이 들렸지만 무섭지는 않았다. 무슨 일이 벌어져도 고작
꿈이니까. 오랜만에 액션 블록버스터인가? 시작이 흥미
롭군. 꿈을 관람하는 또 다른 자아는 괜찮은 시작이라며
'별점 4점'이라는 높은 점수를 매기면서 이어질 장면을

기다렸다.

　꿈속에서 나는 자주 상영회에 초대된다. 관람객이
나 한 명뿐인 상영관에 앉아 내가 주인공이자 감독, 제작
자로 참여한 영화를 감상한다. 아쉬운 부분이 보이면 그
즉시 별점을 반 개씩 깎아버리겠다는 심술궂은 마음으
로 앉아 이야기를 평가한다. 어차피 나만 보는 이야기인
데 왜 흠을 찾아 깎아내릴 작정을 하고 앉아 있는 걸까.
혹독한 비평에 시달리며 왕관의 무게를 견뎌야 하는 위
치를 꿈속에서라도 체험해보고 싶은 걸까. 아니면 깐깐
한 눈으로 단점을 찾아내며 자기 객관화를 하고 있다는
안도감이 필요해서? 어쩌면 무난하고 단조로운 일상에
싫증을 느껴서 영화 같은 이야기가 필요한 건 아닌가?
세 가지 이유는 어느 한쪽이 우세하다 말할 수 없을 정도
로 복잡한 모양으로 뒤섞여 있다. 대중에게 사랑받는 이
야기를 만들고 싶다는 야망 비슷한 것과 하지만 아직은
준비되지 않았다는 자아비판, 매일 무엇이 될지 모르는
글을 주무르며 혼자 달려가야 하는 일상에서 이따금 느
끼는 염증까지. 이런 생각들이 웅크리고 있다가 어느 날
불쑥 고개를 들어 부지런히 꿈속 상영회를 준비한다.

　상영회의 단골 장르는 액션 스릴러다. 폭탄이 터지

고, 건물 하나가 무너지는 가운데 누군가 죽고 다치는 끔찍한 상황이 이어진다. 끊임없이 사건이 휘몰아치는데 평정심을 잃지 않는 나, 그런 나를 덤덤하게 바라보며 이야기를 평가하는 내가 싫어지려 할 때도 있었다. 무고하게 희생되는 사람이 꼭 나와야 하는 거니, 묻고 싶었다. 범죄를 모사한 장면에서 쫄깃함을 느끼는 내 감각을 외면하고 싶기도 했다. 현실 세계의 나는 악에 가까운 인물을 생각하기만 해도 피해 가고 싶을 정도로 담이 작기 때문에 꿈에서라도 적극적으로 처단하고 싶었나 보다. 심장이 발끝까지 떨어질 것처럼 위태로운 상황도 지혜로 이겨내고, 악당을 심판하며 대리만족을 느낀다. 역시 위기 없는 이야기가 많은 사람에게 재미있다는 평가를 받기는 어려운 걸까 고민하면서.

고민이라고 표현했지만 이미 답을 알고 있을지도 모르겠다. 이야기를 좋아하는 대중의 한 사람인 나조차 꿈속 상영회에서 비슷한 구조의 이야기만을 소비하고 있다. 미워할 대상이 분명하고, 죽어 마땅한 사람은 반드시 벌을 받는다는 단순한 법칙이 통용되는 세상에서 느끼는 든든함이 필요할 때가 있다. 현실 세계에서는 권선징악이 통하지 않는 일도 많다는 걸 알기 때문에 우리는 그

황유미

토록 단순한 이야기의 법칙에 알면서도 속아 넘어가준다. 현실에서는 모두가 위기 없는 이야기의 주인공으로 살아가는 것만큼 이상적인 사회도 없을 테다. 의도하지 않은 위기를 겪는 사람이 줄어들수록 안전한 사회라는 의미일 테니.

　나는 여전히 자주 온갖 위기로 점철된 쫀쫀한 이야기를 꿈속에서 바라본다. 그러나 이제 내 무의식은 종종 급작스럽게 장르의 법칙을 거부하며 이야기를 엉뚱한 방향으로 틀곤 한다. 예컨대 남자의 손을 잡고 무너지기 일보 직전인 집을 탈출한 나는 바로 다음 장면에서 모종의 이유로—이유가 무엇인지는 끝까지 말해주지 않았다—"너와 나는 이루어질 수 없는 사이"라며 애석해하는 남자의 얼굴을 만지며 "우리의 마음만 같다면 네가 누구든 상관없다"는 진부하고 아름다운 고백을 하며 닭똥 같은 눈물을 흘렸다. 눈물이 그렁그렁한 얼굴로 이별의식을 치르는 남녀를 바라보며 관람객인 나는 액션 블록버스터인 줄 알고 봤는데 갑자기 신파로 흐르는 대책 없는 사랑 이야기에 별점을 4점에서 1.5점까지 깎을 뻔하다가 팔짱을 낀 채 기다려보기로 했다. 남자 쪽 속사정이 곧 나오겠지. 결말까지 보고 판단하자, 라고 마음을 너그럽게 고쳐먹었는데 잠에서 깨버리고 말았다. 재개봉도 없는 상영회에서 결말도 보기 전에 쫓겨나버린 관객의 억울함은 어디에서 풀어야 하나. 몽롱한 정신이 또렷해질수록 억울함은 커지기만 해서, 나는 점심도 굶고 이 글을 쓰고야 말았다.

아직 살아 있다

선인장이 죽고 나서야 깨달았다. 살아 있는 것들을 돌보는 일에 내가 매우 재능이 없다는 사실을. 한 달에 딱 한 번만 물을 주면 잘 자란다는 선인장을 여섯 달이 넘도록 방치해 선인장이 까맣게 말라비틀어진 후에야 발견했다. 생명 잃은 선인장을 수습하면서 그간 내 손으로 쓰레기봉투에 넣어 내다 버린 식물들을 생각했다. 작은 다육식물 하나는 갈색 덩어리가 되어 버려졌고, 커다란 이파리가 돋보였던 화분은 반대로 물을 과하게 머금었는지 줄기가 물컹물컹하게 으스러져 내 방을 나갔다. 죽어 나간 식물을 떠올리며 '그 식물' '저 화분'이라 말하니 이상했다. 왜 이름을 하나도 기억하지 못하는 거지?

덩어리가 되어버린 식물을 수습해 버리면서 이런 짓은 그만해야겠다고 생각했다. 키우지도 못할 거면서 예쁘다는 이유로 화분을 사는 짓은 이제 그만해야겠다고.

문제는 재능이 아니라 관심이었다. 생명이 있는 것들은 복잡하고 오묘해서 관심 없는 상대 앞에서는 눈에 띄게 말라간다. 꽃집에서 생명력을 자랑하던 화분들은 내 집에 오는 순간부터 급속도로 말라가기 시작했다. 당시 내가 관심을 기울이지 못하던 대상은 화분만이 아니었다. 집 안에서 화분이 말라가는 동안 바깥에서는 누구를 만나도 이야기에 귀를 기울이기가 어려웠다. 관심에도 노력과 정성이 필요한데 좋아하는 친구는 물론 가족, 애인의 이야기마저도 듣는 둥 마는 둥 했다. 늘 내 문제로 바쁘고, 여유가 없었다. 왜 바쁜지 모르겠는데, 이유도 없이 바쁜 나날 속에서 놓치는 것들만 늘어났다. 관심과 애정이 다 빠져나간 공허한 마음으로 사람을 대하고, 식물을 들였다. 마음이 지워진 관계에 오랜 지속력을 기대하기는 어려웠다. 그런 관계는 오로지 쓸모에 의해 지속된다. 쓸모가 다하기를 기다리고, 기다림은 방치로 이어진다. 방치된 사람은 떠나겠다는 선택을 할 수 있지만, 식물은 선택권조차 없으니 시들어가는 모습으로 시위하

황유미

는 것 외에는 방도가 없다.

시든 식물이 내 방을 떠나가는 동안 용케 살아남은 식물도 있다. 6년째 나와 함께한 스투키다. 작은 다육식물 3종을 줄줄이 떠나보낸 후에 멀쩡해 보이는 스투키가 눈에 들어왔다. 똑같은 조건에서도 살아남은 식물이 있다는 게 신기해 스투키의 이름과 특징을 찾아보았다. 익명의 화분이 '스투키'라는 이름을 갖게 된 날부터 나는 날짜를 정해 물을 주고 이따금 햇볕을 쬐여주었다. 이사를 할 때마다 이삿짐을 트럭에 실어 보낸 뒤 레옹처럼 스투키 화분 하나만 손에 들고 따라다녔다. 채광이 좋지 않은 집에서도, 창이 작아 통풍이 시원치 않은 집에서도 꼿꼿한 줄기와 푸른빛을 잃지 않은 채 살아남은 스투키에 내 염원을 담았다. 새로운 공간에서 더 나은 삶을 살 거야. 어쩌면 다른 삶을 살 수도 있을 거야. 오직 바쁘기 위해 바쁜 것 같은 목적 없는 삶에서 탈출할 수 있을지도 몰라.

뾰족하게 돋아난 스투키 화분 하나만 덜렁 놓여 있던 자리엔 이제 스파티필름, 크루샤, 금전수도 있다. 스투키를 돌본 지 얼마 지나지 않아 화분 하나 정도는 더 책임질 수 있지 않을까 하던 찰나에 집 앞 꽃집을 지나다

눈에 들어온 크루샤 화분을 덜컥 들였다. 생일에는 갑자기 스파티필름과 금전수를 선물받아 꼼짝없이 네 생명을 책임지게 되었다. 책임질 수 없다고 생각한 것들을 책임지게 되었지만 다행히 내 반려식물들은 아직 무사한 것 같다. 물을 좋아하는 스파티필름을 햇볕이 강한 날 베란다에 내놓았더니 이파리가 기운 없이 축 늘어져 가슴이 철렁 내려앉기도 하고, 얼마 전 수년간 멀쩡하던 스투키 줄기 하나가 빛이 바랜 걸 발견하고 놀라기는 했지만. 그래도 아직은 살아 있다. 무엇보다 이제는 식물이 보내는 위험신호를 감지하는 눈이 생겼다. 적어도 정체 모를 일들에 눈과 귀를 틀어막혀서 그 무엇도 볼 수 없었던 예전의 나보다는 정말 중요한 걸 보는 눈이 생겼다는 점이 고무적이다. 스투키가 스투키인 줄도 몰랐던 시절과 식물이 죽느냐 사느냐 하는 문제에 심각해지는 지금을 비교해본다. 우연히 떠안은 책임을 내팽개치지 않은 나를 바라보며 생각한다. 모두들 아직 살아 있어서 다행이다.

어른의 귀여움

어른은 호들갑을 떨지 않는다. 함부로 감동하거나 눈물을 쉽게 흘리는 어른은 어리숙해 보인다. 작고 사소한 일 때문에 감탄하며 두 눈을 반짝이는 어른이 갑자기 분위기를 싸하게 만들었다고 생각한 '더 어른'은 그 자리에서 면박을 주기도 한다. 오글거린다. 뭘 그렇게까지. 별꼴이야. '더욱더 어른'은 같은 상황에서 다른 방식으로 말하면서도 면박을 주고 싶다는 소기의 목적은 달성하는 사람이다. 역시 해맑구나. 그렇게 즐겁니? 어떤 상황에서도 천진한 시절로 돌아가기를 거부하는 이런 사람들은 삶이 게임이라면 '어른력'이란 스킬이 최대 레벨에 다다른 사람들일 것이다.

나는 가끔 어른력이 최대치에 다다른 어른 중의 어른이 어른스럽지 못한 초급 어른에게 감화되어 무너지는 광경을 보며 귀여움을 느낀다. 어른의 귀여움을 보고 싶다면 평일 점심시간, 직장인들이 많이 올 법한 큰 카페로 가면 된다. 사무실이 밀집된 번화가 거리를 어슬렁대며 산책할 때도 간혹 귀여운 어른을 목격할 수 있다. 물론 귀는 쫑긋 열어두되 절대 쳐다보지 않고 어른들의 대화 한가운데에 내 영혼을 위치시키는 고급 기술이 필요하긴 하지만. 대화가 끝나고—주로 점심시간이 끝날 때쯤—재잘대던 어른의 목소리가 일제히 사라지면 "오늘, 즐거웠습니다" 인사를 하고 싶다는 충동을 누른 채 조용히 그들을 배웅한다. 당신은 결코 모를 당신 안의 귀여움을 발견했다는 은밀한 만족감을 품은 채. 예컨대 첫눈이 오는 어느 겨울날 한 카페에서 만난 어른들의 모습은 오래도록 잊히지 않는다.

　　"어머, 눈이다. 함박눈이야!" 기쁨이 투명하게 드러나는 목소리에 동행인 어른 두 명은 일제히 창밖을 바라보았다. 고개를 아래로 떨구고 있던 나 역시 고개를 들어 같은 곳을 바라보았다. 기도하듯 두 손을 모은 채 창밖에 내리는 함박눈을 바라보는 50대 여성의 양옆에는 조용히 창밖을 응시하는 동년배 남성 두 명이 있었다. 말없이 묵묵히 창밖을 응시하던 양옆 어른들의 광대가 슬금슬금 올라가는 걸 나는 보았다. 더 어른스러운 양옆 어른들이 고상하게 커피를 홀짝이며 관상용 화초를 대하듯 눈을 바라보는 사이 덜 어른스러운 어른은 휴대폰을 꺼내 눈 내리는 풍경을 촬영했다. "참 예쁘다"라며 그해의 첫눈을 카메라에 담는 그녀의 얼굴엔 세상과 감응하는 능력을 적극적으로 발휘하는 초급 어른 특유의 기세등등함까지 보였다. 너희 같은 고급 어른들은 하기 어려운 일이지, 흥. 위풍당당한 마음의 목소리가 나에게까지 와닿았다. 곧 초급 어른에 질 수 없다는 듯 양옆 어른들도 휴대폰을 꺼내 눈을 촬영했고 나도 질세라 그해의 첫눈을 영상으로 기록했다. 기상 현상을 기록까지 해서 보관해둔 건 어른이 된 이후 정말이지 오랜만이었다.

올해 가을엔 점심시간에 동네를 산책하다 지하철역 근처에서 부지런히 걸음을 옮기는 직장인 무리와 마주친 적이 있다. 같은 명찰 목걸이를 찬 채 부지런히 걸음을 옮기는 사람들과 마주친 그 순간 잠시 몸이 흔들릴 정도로 거센 바람이 불어왔다. 내가 도착했다며 고함을 치는 것 같은 심상치 않은 바람에 코트 자락을 여미느라 바뻔데 눈앞의 커다란 은행나무에서 샛노란 나뭇잎이 비처럼 떨어지기 시작했다. 나뭇가지에서 떨어진 은행잎은 회오리치는 바람을 따라 나선형으로 빙글빙글 회전하며 한참을 공중에서 맴돌았다. 그 순간 "저것 좀 봐"라며 누군가 손가락으로 하늘에서 춤추는 은행잎 한 무더기를 가리켰다. 감탄을 숨기지 않은 귀여운 어른 덕에 그 옆에 있던 어른들도 너나 할 것 없이 어른스러움을 잠시 내려두었다. 은행잎의 움직임에 맞춰 춤을 추듯 근처를 서성이며 여러 각도에서 은행 회오리를 관찰하는 사람, 그 모든 풍경을 동영상으로 담으면서 마스크 위로 보이는 눈매가 기분 좋게 휘어지는 사람, 손을 뻗어 은행잎 하나를 낚아채 주머니에 넣는 사람까지. 셔츠와 넥타이, 슬랙스와 H라인 정장 스커트를 입은 채 기꺼이 초급 어른으로 돌아간 직장인 부대를 바라보던 나는 "귀엽다"라는 소리가 나올 뻔한 걸 간신히 참았다. 짧지만 강렬했던 공연을 끝낸 후 바닥에 다소곳이 내려앉은 노란 이파리들을 밟으며 나는 그들과 반대 방향으로 걸어갔다. 간만에 조우한 귀여운 어른들에게 건네고 싶었던 반가웠어요, 라는 인사는 마음속으로만 읊조렸다. 귀여운 점심시간을 함께한 이들이 오후에도 즐겁기를 바라면서.

황유미

부록

혼자 점심 먹고 나서
그냥 하는
질문

강지희

점심시간이 점점 늦어지고 있어 아직입니다. 집에서 해
먹을지 나가 먹을지를 두고 늘 고민이 커요.

길을 가다 흘러나오는 노래 같아요. 제가 선택하지 않았
고 오래 감상할 수도 없지만, 예상치 못한 설렘과 소소한
기쁨을 주는.

늘 먹던 것으로 평범한 식사를 빨리 마치고, 정말 좋아하
는 작가의 책을 집어 들 것 같아요.

김신회

오늘 점심엔 뭘 드셨어요?

달걀을 풀어 넣고 연두를 한 바퀴 두르고 끓인 현미 누룽지와 비비고 배추김치를 먹었습니다.

작가님에게 점심은 어떤 의미인가요?

일단 잠에서 깨 하루를 시작하자!는 신호이자 작업을 앞두고 에너지를 비축하는 일입니다.
매일 10시에서 11시쯤 점심을 먹고 바로 책상에 앉아 원고 작업을 시작합니다.

오늘 저녁에 세상이 망한다면 점심에 뭘 하고 싶으세요?

나의 가족 풋콩이(개)가 좋아하는 한강으로 산책하러 가고 싶어요. 가서 간식도 원 없이 주고, 같이 실컷 뛰고, 마지막으로 풀 냄새와 따뜻한 햇살을 양껏 누리게 해주고 싶네요. (쓰면서도 눈물이…….)

$$\boxed{\text{심너울}}$$

오늘 점심엔 뭘 드셨어요?

늦잠 자서 굶었습니다.

작가님에게 점심은 어떤 의미인가요?

고통스러운 식단 관리의 기간에서 유일하게 일반식을 할
수 있는 시간.

오늘 저녁에 세상이 망한다면 점심에 뭘 하고 싶으세요?

아마 낮술을 할 것 같네요.

엄지혜

오늘 점심엔 뭘 드셨어요?

카페마마스 모짜렐라토마토파니니.

작가님에게 점심은 어떤 의미인가요?

60분을 120분처럼 써야 하는 시간.

오늘 저녁에 세상이 망한다면 점심에 뭘 하고 싶으세요?

창이 큰 카페에서 커피를 마시며 창밖 사람들 구경하기.

이세라

오늘 점심엔 뭘 드셨어요?

아이스아메리카노, 에그타르트.

작가님에게 점심은 어떤 의미인가요?

하루 첫 커피를 마시며 혼자 있는 시간.

오늘 저녁에 세상이 망한다면 점심에 뭘 하고 싶으세요?

온 가족을 집으로 불러모아 같이 밥을 먹을래요. 그래도
내가 딸, 동생, 누나, 처제여서 행복했지? 자, 어서 그렇다
고 말해, 강요하면서…… 그렇게 편안히 눈감겠습니다.

원도

오늘 점심엔 뭘 드셨어요?

장례식장에서 문상객용 식사를 했습니다. 수육은 건조했고 육개장은 미지근했으며 사람들은 다소 황망했습니다. 돌아오는 길에 소화제를 사 먹었습니다.

작가님에게 점심은 어떤 의미인가요?

출근의 흔적입니다. 저는 쉬는 날엔 대부분 점심을 먹지 않으니까요(하지만 샤부샤부는 즐깁니다).

오늘 저녁에 세상이 망한다면 점심에 뭘 하고 싶으세요?

전기장판 켜놓고(여름이라면 에어컨도 함께) 잠을 자겠습니다. 저는 한번 잠들면 잘 일어나지 않아서 아마 세상이 망하는 줄도 모르고 계속 자다가 멸망을 맞이할 것 같군요.

오늘 점심엔 뭘 드셨어요?

아보카도 에그 치즈 샌드위치를 먹었습니다.

작가님에게 점심은 어떤 의미인가요?

점심은 반나절 동안 지연된 나를 차곡차곡 모으는 시간
같아요.

오늘 저녁에 세상이 망한다면 점심에 뭘 하고 싶으세요?

생각나는 사람에게 달려갈 거예요.

정지돈

오늘 점심엔 뭘 드셨어요?

커피, 귤, 초콜릿. 프리랜서가 된 이후엔 점심을 잘 먹지
않는 편입니다.

작가님에게 점심은 어떤 의미인가요?

회사를 다닐 땐 피해야 하는 시간이었던 것 같아요. 사람
들을 피해서, 식사 자리를 피해서, 혼자 걷거나 쉬거나 했
습니다. 초코 우유나 크림빵 같은 걸로 허기를 달래고요.
요즘은…… 존재하지 않는다? 점심을 배불리 먹으면 글
이 잘 안 써지는 것 같아요. 그래서 잘 안 먹게 되는 것 같
습니다.

오늘 저녁에 세상이 망한다면 점심에 뭘 하고 싶으세요?

산책.

오늘 점심엔 뭘 드셨어요?

오늘 점심엔 김과 어묵볶음, 김치에 밥을 먹었어요.

작가님에게 점심은 어떤 의미인가요?

사실 원고에도 썼지만 자주 반복되는 멸종의 시간이에요. 이런 단어를 여기에 써도 되는지는 모르겠지만, 자주 없어졌다가 또 나타나고 그러다가 없어지는 시간이 바로 점심시간입니다.

오늘 저녁에 세상이 망한다면 점심에 뭘 하고 싶으세요?

사랑하는 사람(들)이 좋아하는 음식을 만들어줄 것 같아요. 전 음식 자체에 큰 의미를 두지 않는 사람이라…… 좋아하는 음식이 딱히 없어서 음식을 만들어주고 이야기를 나눌 것 같네요.

황유미

수프에 바게트를 찍어 먹었습니다. 수프는 칠리 콘 카르네!

하루의 중심. 하루를 점심 전, 후로 나누는 편입니다. 점심 전은 나를 위한 시간, 점심 후는 남과 약속한 일을 하는 시간.

단호박 수프를 큰 냄비 가득 끓이고 친구들을 불러서 최후의 만찬을 함께. 세상이 망할 때까지 카운트다운을 하면서 기다리면 무섭지 않을 것 같아요.

혼자 점심 먹는 사람을 위한 산문

ⓒ 강지희 김신회 심너울 엄지혜 이세라 원도 이훤 정지돈 한정현 황유미

초판 1쇄 발행 2022년 2월 14일
초판 2쇄 발행 2022년 3월 28일

지은이 강지희 김신회 심너울 엄지혜 이세라 원도 이훤 정지돈 한정현 황유미
펴낸이 이상훈
편집인 김수영
본부장 정진항
문학팀 하상민 최해경 김다인
디자인 형태와내용사이
마케팅 김한성 조재성 박신영 조은별 김효진 임은비
사업지원 정혜진 엄세영

펴낸곳 (주)한겨레엔 www.hanien.co.kr
등록 2006년 1월 4일 제313-2006-00003호
주소 서울시 마포구 창전로 70 (신수동) 화수목빌딩 5층
전화 02-6383-1602~3
팩스 02-6383-1610
대표메일 munhak@hanien.co.kr

ISBN 979-11-6040-758-7 03810